女生徒

〔日〕太宰治 著

杨伟 译

江苏凤凰文艺出版社
JIANGSU PHOENIX LITERATURE AND ART PUBLISHING

图书在版编目（CIP）数据

女生徒 /（日）太宰治著；杨伟译 . — 南京：江苏凤凰文艺出版社，2021.1（2025.3 重印）
ISBN 978-7-5594-4271-0

Ⅰ. ①女… Ⅱ. ①太… ②杨… Ⅲ. ①短篇小说 – 小说集 – 日本 – 现代 Ⅳ. ①I313.45

中国版本图书馆 CIP 数据核字（2020）第 250634 号

女生徒

[日] 太宰治 著　　杨伟 译

责任编辑　白　涵
选题策划　麦书房文化
装帧设计　付诗意
责任印制　冯宏霞
出版发行　江苏凤凰文艺出版社
　　　　　南京市中央路 165 号，邮编：210009
网　　址　http://www.jswenyi.com
印　　刷　北京中科印刷有限公司
开　　本　880 毫米 ×1230 毫米　1/32
印　　张　6
字　　数　112 千字
版　　次　2021 年 1 月第 1 版
印　　次　2025 年 3 月第 5 次印刷
书　　号　ISBN 978-7-5594-4271-0
定　　价　38.00 元

太宰治

目 录

女生徒

早晨，睁眼醒来时的心情，是很奇妙的。就好比玩捉迷藏时，一动不动地蹲伏在漆黑的壁橱里，突然被人哗啦一声拽开壁橱的拉门，顿时，光线一股脑地奔涌而入，随即听见对方大声在说：“我抓住你了！”被刺眼的光线一照射，再加上有种莫名的尴尬，只觉得胸口怦怦直跳，赶紧掖好衣服的前襟，有点害羞地走出壁橱，心中蓦地感到一阵窝火。对，就是这种感觉。不，不对，似乎与这种感觉也不尽相同，而是更让人难以忍受。是的，毋宁说更接近于下面这种感觉——打开眼前的匣子，发现里面也有一个小匣子，而打开这个小匣子，里面还有更小的匣子，一旦再把它打开，里面又有更小的匣子，这样接连打开七八个匣子后，终于出来一个骰子般大的小匣子，等悄悄打开它一看，结果里面什么都没有，空空如也。是的，就是近似于这种感觉。说什么咔嚓一下就睁开了睡眼，那纯粹是骗人。先是眼前一片混沌，过一会儿之后，那种淀粉似的浑浊物慢慢沉淀下来，一点点显露出清晰的轮廓。终于折腾累了，这才睁开眼清醒起来。不知为什么，早晨总是莫名地惆怅。好多悲伤的事涌上心头，让我不堪重负。讨厌。真的很讨厌！早晨的我，是最丑陋的。两只脚酸软无力，什么也不想干。可能是因为夜里没睡安稳吧。说什么人在早晨朝气十足，这分明是骗人的。其实，早晨是灰色的。从来都是这样。是最虚无的时刻。躺在早晨的被窝里，我总是很厌世。是的，我都已经厌倦了。各种可恶的懊丧情绪凝聚在一起，堵得我心慌，憋得我难受。

早晨充满了恶作剧。

“爸爸。”我试着轻轻喊了一声，一种奇妙的害羞感与兴奋感竟搅和在了一起。我翻身起床，麻利地叠好被褥。当我抱起被褥时，居然还“嗨哟”地叫了一声，让自己也吃了一惊。迄今为止，我从没想到，自己会是个发出嗨哟这种粗鄙叫声的女人。嗨哟什么的，貌似是大妈们才会有的吆喝，真是太讨厌了。我干吗发出了这种叫声？没准儿在我身体的某个角落里，就藏匿着一个大妈吧。是的，想想都恶心。从今以后，可得当心了。这就跟嫌弃别人粗俗的步态，却无意中发现自己也相差无几时一样，有种深深的挫败感。

早晨，总是缺乏自信。睡衣也没换就坐到了梳妆台前。不戴眼镜往镜子里看，脸显得有些模糊和潮润。说来，在自己的整个脸上，要数眼镜是我最讨厌的东西，不过，它也自有人所不知的好处。比如，我喜欢取下眼镜，向远方眺望。整个世界一片朦胧，恍若梦境一场，又恰似西洋镜一般，美妙无比。肮脏的东西，一样都入不了法眼。只有巨大的物体、鲜明而强烈的色彩，还有光线，才会进入视野中。是的，我也喜欢摘下眼镜看人。对方的脸无不显得柔和、漂亮，还带着微笑。而且，只有在摘下眼镜时，才绝不会萌生与人吵架的念头，也不会想说别人的坏话，只是默默地发呆。在别人眼里，那种时候的我也肯定是个好人吧。想到这里，我就更加安心地发呆，甚至想向人撒娇，内心也变得柔情似水。

话虽如此，我还是讨厌眼镜。脸上一戴眼镜，就失去了作为脸的感觉。从脸上萌发的各种情绪，比如浪漫、美丽、激昂、软弱、天真、哀愁等，全都被眼镜遮蔽殆尽。而用眼睛说话也变成了一纸空谈，甚至显得滑稽和荒唐。

眼镜不啻一个怪物。

也许是因为我一直讨厌自己的眼镜吧，所以总觉得拥有一双美丽的眼睛才是最重要的。就算没有鼻子，或者被遮住了嘴巴，但只要有一双看着它便会让你渴望生活得更美的眼睛，我就心满意足了。我的眼睛只是大而已，根本不中用。盯着自己的眼睛看，我会不由得灰心丧气。就连母亲都说，那是一双空洞无物的眼睛。或许这种眼睛就叫黯淡无光吧。一想到它就像个煤球，我就沮丧得不行。长成这样，也真是太可气了。每当照镜子时，我都耿耿于怀，巴望着它能变成一双润泽有光的眼睛。对，就是那种蓝色湖泊一般的眼睛，那种躺在草原上仰望天空的眼睛，能不时映照出云彩的流动，甚至能清晰地摹写出飞鸟的影子。我期待着，能多与有着美丽的眼睛的人邂逅。

从今天起就进入五月了。一想到这里，就不禁心旌摇曳。毕竟是很开心的事情。想来，夏天也已经不远了。一走到庭院里，草莓花就映入了眼帘。而父亲已经过世的事实，陡然变得不可思议。死别、消亡，总是让人难以理解，不明就里。我好想念姐姐，想念离别的人，还有那些久违的面孔。每天早晨，那些往事和前人的回忆就会涌上心头，像腌萝卜的气味一般萦绕在四周，真让人受不了。

嘉皮与卡儿(因为是一只可怜的小狗，就取了“卡儿”的名字)扭揪着跑了过来，并排着趴在我面前。我只顾着一个劲儿地爱抚嘉皮。嘉皮那雪白的狗毛闪着光，煞是美丽。而卡儿却脏兮兮的。当我爱抚嘉皮时，卡儿就做出一副欲哭无泪的表情。对此，我可是心中有数。也知道，卡儿是一条残疾狗。卡儿既可悲，又讨厌。

我是因为太疼它了，所以才故意冷落它的。卡儿看起来完全就是一条流浪狗，所以没准儿什么时候会遭到猎狗者的捕杀。卡儿的腿脚有残疾，想必想逃也逃不掉吧。卡儿，快逃到山里去吧。反正都没人喜欢你，还不如早点死了算了。我是一个不光对卡儿，甚至对人类，也会干出坏事的孩子。我喜欢作践人、激怒人，真是个讨厌的孩子。我坐在套廊上，一边抚摸着嘉皮的脑袋，一边凝视着映入眼帘的绿叶，突然觉得一阵悲凉，恨不得一屁股坐在泥地上。

好想哭。我琢磨着，只要屏住呼吸，让双眼充血，指不定就会憋出一点泪水来吧。我试了试，结果却没有成功。或许，我已变成了一个没有泪水的女人。

我打消了这个念头，开始打扫房间。我一边打扫，一边漫不经心地哼起了《唐人阿吉〈1〉》的小调。我不由自主地环顾了一下四周。要知道，我通常热衷的都是什么莫扎特和巴赫，此刻竟下意

〈1〉 唐人阿吉（1841—1890）：日本幕府末期的艺伎。
出生在伊豆下田的造船木匠家里，因其貌美，
被幕府的官吏选中做美国第一任驻日总领事哈里斯的小妾。
因这段给外国人做小妾的经历，导致被人们冷眼相待，于 1890 年投河自尽。
1928 年，十一谷义三郎以阿吉的悲惨身世为题材写成了小说《唐人阿吉》，
获得国民文艺奖，后被改编成电影和戏剧等，使唐人阿吉的故事广为流传。
为纪念唐人阿吉，现在伊豆下田建有“唐人阿吉纪念馆”。
——译者注，下同。

识地哼起了《唐人阿吉》，真是蹊跷。我在抬起被褥时，高喊着“嗨哟”，而在做清洁时又哼起了《唐人阿吉》，想来这样的自己也已是病入膏肓了。照此下去，真不知自己说梦话时会冒出什么粗俗的话语呢。想到这里，不由得惴惴不安。突然间，又觉得莫名地滑稽，于是，停下握着扫帚的手，独自笑了。

穿上了昨天缝制的新内衫。胸口处绣着一朵小小的白色蔷薇花。一套上外衣，这朵刺绣小花就被遮住了，谁也看不出来。这让我有点小得意。

母亲因为忙着给人做媒，一大早就出门了。说来，从我小时候起，母亲就常常为别人的事尽心尽力，虽说也算是司空见惯了，但看到母亲闲不住的样子，还是真的很惊讶，并心生敬佩。而父亲则成天只顾着埋头读书，所以母亲还要干本该由父亲干的活。父亲是一个与社交近乎无缘的人，而母亲则乐于建立相处融洽的朋友圈。尽管两人爱好各异，但还是彼此尊重，堪称是一对心无秽念而又美好和谐的夫妻吧。啊，我这么说，也太出言不逊了吧。

酱汤温热前，我一直坐在厨房门口，怔怔地看着前面的灌木丛。我突然有种感觉，仿佛很久以前，还有很久以后，我都一直是用这样一副姿势坐在厨房的门口，一边琢磨着完全相同的事情，一边瞅着前面的灌木丛。随即，又萌生了一种很奇妙的心情，仿佛过去、未来与现在在一瞬间同时被我感知到了。是的，这种事时常会发生。比如，和某个人坐在房间里聊天时，视线会不由自主地潜行到桌子的一隅，然后啪地停下，静止不动了，唯有嘴巴还在继续翕动。这种时候，很容易引发奇怪的错觉，会不由自主地相信：曾几何时，自己在同样的状态下，说着同样的话，还同样看着桌子的一隅。而且，此刻的这种事情，今后也会原封不动地降临在自己身上。无论踯躅在多么遥远的田间小路上，我想，那条路也肯定是自己曾经走过的路。即使一边走在这小路上，一边顺手啪地摘下路边的豆叶，我也会觉得，自己就曾在这条道路的这个地方，用手摘下过这片豆叶。而且我相信，从今以后，我还会无数次走在这条路上，在这里摘下豆叶。对了，还有这样的事情呢：有一次泡澡时，我无意中打量起自己的手来，于是我就想，今后再过多少年，当我泡澡的时候，肯定会回想起自己此刻下意识打量着手的情景，还有一边打量着手，一边啪地浮现在脑海里的念头。一想到这里，心绪骤然变得暗淡了。还有一次，傍晚，当我把饭装进饭桶时，说是灵光闪现或许有点夸张吧，但确实感到身体里有个东西嗖地一掠而过。该怎么形容呢，我很想管它叫“哲学的尾巴”，反正被它一折腾，脑袋和胸口的每个角落都变得透明起来，感到自己从此可以坦然应对未来的人生，可以安静地、悄无声息地、用凉粉从模盒中被一点点倒出时的那种柔软性适俗随时地、美丽而轻盈地度过此生。这种时候，哪里还顾得上奢谈哲学。反倒有一种预感：自己只能像偷来的猫一样，无声无息地苟活下去。这种预感绝对不是什么好事，毋宁说充满了恐惧。而一旦这种心态长此以往，人就会变得像被神灵附体了那样。是的，我想到了基督。不过，我可不想当女基督呢。

结果，都是因为我闲得无聊，因为我与生活的辛劳无关，所以每天面对成百上千的见闻，才会对自己的感受束手无策吧。而就在我一脸茫然的时候，它们又会化作怪物般的脸孔，接二连三地浮现在我的脑海里吧。

我一个人在饭厅里吃饭。这是今年第一次吃黄瓜。从青翠的黄瓜便可以知道，夏天就要来了。五月的黄瓜，其青翠的颜色中渗透着一种悲哀，仿佛要掏空人的胸膛，让人觉得隐隐作痛，却又痒酥酥的。独自在饭厅里吃饭时，有种无法克制的欲望，特别想外出旅行，特别想搭乘火车。我开始浏览报纸。上面出现了近卫先生〈1〉的照片。近卫先生，也许算得上一个美男子吧。可我不喜欢这样的脸。那额头长得太难看了。报纸上的书籍广告是最有意思的。大概一字一行就会收取一百日元、两百日元的广告费，所以大家都绞尽了脑汁。为了用一字一句来获取最大的效益，人们才长吁短叹、挖空心思地想出了这些美文金句。这种一字千金的文章，在整个世上也是少之又少吧。读这些文字，会感到莫名的舒爽和痛快。

〈1〉 近卫先生：应指近卫文麿（1891—1945），日本第34、38、39任首相。太宰治发表《女生徒》的1939年，正是近卫文麿第二次担任日本首相之时。战后被指控为战犯，后自杀。

吃完饭，关好门，然后去上学。尽管我寻思着，不要紧，今天不会下雨的，但又很想把昨天从母亲那里要来的漂亮雨伞带去学校，所以就把它带在了身上。这把洋伞是母亲在少女时代用过的。能找出这把好玩的洋伞，让我有点得意。真想撑着这把伞，在巴黎的街头溜达溜达。等如今这场战争结束之后，像这种带着梦幻色彩的复古雨伞肯定会流行起来吧。这种雨伞肯定与系带的无边软帽很搭调吧。可以穿上裙摆很长、开襟很大的粉红色连衣裙，戴上黑绸蕾丝的长手套，再在帽子的宽檐上插上一朵紫罗兰花。是的，就打扮成这样，在浓荫的时节去巴黎的西餐厅享用午餐。我神情忧郁地轻拄着脸颊，眺望着外面来往的人流，这时，有人轻轻拍了拍我的肩膀。而就在此时，音乐也骤然变成了《南国玫瑰圆舞曲》〈1〉。啊，真是太可笑了，太可笑了。要知道，在现实中，我就只有这把又破又旧，而且外形古怪的长柄雨伞！瞧，我有多么可悲与可怜！完全就是一个卖火柴的小女孩。喂，还是赶快去拔草吧。

临走时顺手拔了点门前的野草，算是帮母亲做的义务劳动。今天，指不定有什么好事情。对了，同样都是草，为什么就如此不同呢？比如，有的我特别想一拔了之，有的我却想悄悄放它一

〈1〉《南国玫瑰圆舞曲》：奥地利音乐家小约翰·斯特劳斯于1880年根据自己创作的轻歌剧《女王束带里的手帕》的音乐而改编的圆舞曲。

马。既有可爱的草，也有不可爱的草。还有，明明外形上完全相同，却偏偏要对它们分门别类，划分为让人怜爱的草与令人生厌的草，这又是为什么呢？说来，其中并无道理可讲。在我看来，女人的喜好，真是没个准信。

干完十分钟的义务劳动，我急匆匆地赶往车站。走在田间小道上，忍不住想要作画。途中，路过了神社的森林小径。这可是我自个儿发现的近道。走在森林小径上，无意中往脚下一看，只见到处都生长着一丛一丛的小麦，有两寸来高。看见那青青的麦苗就知道，今年也有士兵来过这里了。去年就曾有很多士兵和军马路过这里，在神社的森林中休憩。那之后不久，我来这里一看，只见麦苗就像今天这样长势喜人。但是，那些麦苗却没有继续生长。今年也一样，这些麦苗是从军马驮着的木桶里掉下的种子从地上长出来的，但因为这片森林非常阴暗，光线完全照不到，所以纤细的麦苗长到这么高以后，就会可怜地夭折。

穿过神社的森林小径，来到车站附近时，恰好遇到了四五个工人。他们跟往常一样，朝我说着难以启齿的粗话，令我不知所措。我想追上那些工人往前面赶，但如果是那样，就不得不从几个工人的缝隙间紧贴着穿行而过。这也太恐怖了。话虽这么说，可要是一声不响地停下来让工人们先走，以拉开足够的距离，则无疑需要更大的胆量。这样做显然很失礼，说不定会惹怒工人们的。我进退两难，一阵光火，差一点就要急哭了，可又羞于让人看到自己的哭相，于是，就对那帮人强装出笑容，然后放慢脚步，尾随在他们身后。尽管当时就这么应付过去了，但那种憋屈却并没有随着我搭上电车而消失。为了能沉着应对这些无聊之事，我希望自己能尽快变得更强大、更淡然。

在电车门口有一个空座，我把书包悄悄搁在上面，捋了捋裙子的褶皱，正要坐下时，一个戴眼镜的男人粗鲁地挪开我的书包，一屁股坐了下去。

“对不起……那个座位，是我先发现的。”我这么一说，那个男人只是苦笑了一下，便若无其事地摊开报纸，读了起来。话说回来，还真不知道，我和他到底是谁更厚颜无耻呢。没准儿是我更厚颜无耻也说不定。

无奈之下，我只好把雨伞和书包放到行李架上，用手抓住吊环，试图像往常一样阅读杂志。就在我用单手啪啦啪啦地翻看着杂志时，突然冒出了一个奇怪的念头。

如果我被剥夺了读书的权利，那么不曾有过这种体验的我肯定会不知所措、欲哭无泪吧。我是如此依赖于书本上所写的东西。读了某一本书，我便会沉溺于其中，相信它，同化于它，与它产生共鸣，并将它照搬到生活中。而一旦换了另一本书来读，又会来个一百八十度的急转弯，就俨然是换了个人。偷取别人的东西，来改头换面成自己的东西——这种才能，这种狡黠，是我唯一的特技。老实说，我已厌倦了这种狡黠和骗术。如果每天都重复着失败，不断地丢丑，或许会多少变得稳重一些吧。但我却千方百计地为那种失败寻找借口，巧妙地敷衍搪塞，编造出冠冕堂皇的理论，来扬扬自得地上演一出苦肉大戏（这说法，我也是在某本书里读到的）。

坦白说，我已分辨不清，哪个才是真正的自己。当不再有书可读，找不到仿效的摹本时，我到底该如何是好？指不定会手足无措，只会蜷缩着身子，一个劲儿地擤鼻子吧。不管怎么说，每天在电车里陷入如此这般的胡思乱想，肯定是行不通的。没错，身体上还残留着讨厌的余温呢，真让我受不了。我想，自己得做点什么，必须得做点什么，但又不知道怎样才能清醒地把握住自己？迄今为止的所谓自我批判，在我看来，其实毫无意义。一旦尝试着对自己进行批判，认识到自己令人讨厌的弱点，我就立马会自我解脱，反倒沉湎于其中，自我怜恤，然后得出什么“磨瑕毁玉不足可取”的结论，所以根本就谈不上自我批判。毋宁说，倒是什么也不想才更有良知吧。

这本杂志上，以“年轻女人的缺点”为题，让不同的人士各抒己见。读着读着，会不由自主地羞愧难当，就仿佛他们是在说我似的。再说，其作者也是各具特点，比如，平时让人觉得愚蠢的人，发表的意见果然也很愚蠢；看照片觉得很时尚的人，其遣词造句果然也很时尚。真是滑稽。我时常是边嗤笑着，边阅读下去。这不，宗教家动辄就搬出信仰，教育家从头到尾都只强调一个“恩”字，政治家喜欢卖弄汉诗，而作家则矫揉造作地使用一些俏皮的词语。我真是服了。

不过，每个人发表的意见都很有道理，比如：没有个性；缺乏深度；与正确的希望和野心相距遥远，换言之，就是没有理想；即便有时候也进行自我批判，但缺乏直接与自己生活相联系的主动性；缺乏反省；缺乏真正的自觉、自爱、自重；即便有勇气采取行动，但能否对所有的结果都承担责任，令人怀疑；能顺应自己周围的生活方式，并善于处理该类问题，但对自己和自己周围的生活缺乏正确而强烈的爱；缺乏真正意义上的谦逊；缺乏独创性；只会模仿；缺乏人本来拥有的那种“爱”的感觉；佯装优雅，却缺乏品位……此外，还罗列了一大通。说实话，读着读着，很多意见都让人豁然开朗，只能点头称是。

但不知为什么，总觉得这里发表的所有意见都显得非常乐观，与这些人通常的心态相距甚远，不过是为写而写罢了。尽管使用了大量“真正意义上的”“本来拥有的”等形容词，可所谓“真正的爱”“真正的自觉”，又究竟意味着什么呢？上面并没有写出明确的定义。也许他们是心知肚明的吧。设若如此，要是能说得更具体一点，比如只用一句简单的“往右”或“往左”来向我们做出权威的指示，那不知该有多么庆幸。我们已经痛失了爱的表达规范，所以请不要说“这不行”“那不行”，而是坚定地告诉我们，必须这样做或那样做。如果是那样，我们都会按此照办的。也许是大家都缺乏自信吧。即便是在这里发表意见者，也并非在任何时候、任何场合都秉持这样的意见吧。尽管指责我们缺乏正确的希望、正确的野心，但若是真的如此，那么当我们为追逐正确的理想而实施行动时，他们又会在多大程度上守护我们、引导我们呢？

尽管不是很明确，但我们还是隐约知道，何处才是自身应该前往的最佳之地，何处才是自己憧憬的美丽之地，何处才是能够让自身成长之地。我们渴望拥有美好的生活，这不就是正确的希望和野心吗？我们急于拥有值得仰仗的不变信念。但一个女生，如果要将这一切全都付诸作为女性的生活中，该需要付出多大的努力啊！毕竟，还必须顾及母亲、父亲、姐姐、哥哥们的想法（尽管嘴上抱怨他们思想陈腐僵化，但这绝不意味着，对人生的前辈、老人和已婚人士持轻蔑态度。非但如此，毋宁说总是对他们礼让三分）。其次，还有一些始终在生活上休戚相关的亲戚。也有熟人和朋友。此外，还有总是用洪荒之力来裹挟我的、被称之为“世间”的东西。只要一想到、一看到、一思考这一切，就遑论什么“发挥个性”了。唉，不能不觉得，只有低调地沿着普通人所走的道路默默前进，才是最明智的做法。我甚至觉得，把对少数人的教育广施于众，是相当残酷的事情。随着年龄的增长，我逐渐明白了，学校的修身教育与世间的既定规则是两码事。如果有人分毫不差地恪守学校修身课上所教的道德，那他必然吃亏无疑。会被说成是怪人。更不可能出人头地，只会永远一贫如洗。

真的有不撒谎的人吗？如果有的话，那他注定是永远的败北者。在我的亲戚中，就有一个这样的人：他品行端正，拥有坚定的信念，追求理想，属于真正意义上的生活者，但亲戚们全都对他恶语相向，把他当傻瓜对待。我可做不到，明知会受人轻蔑、处处败北，还要不顾母亲和众人的反对，去贯彻自己的想法。太可怕了。小时候，当我的想法与别人完全不同时，我也曾追问母亲道："为什么会这样呢？"这时，母亲就会非常生气，用一句话来斥责我："你这样真是太可恶了！完全就是个小无赖！"说着，母亲还露出一脸悲哀的表情。我也曾这样问过父亲，但父亲当时只是默默地笑了，据说他事后对母亲说，我是个爱抠死理的孩子。随着一点点地长大，我变得战战兢兢、谨小慎微。就算做一件洋服，也开始顾及人们的想法了。说实话，我暗地里很珍视自己的个性，而且还打算继续珍视下去，却害怕将它作为自己的东西清楚地表现出来。我总是琢磨着，要做一个众人眼中的好女孩。当很多人聚集在一起时，我有多么卑屈啊！嘴上尽说着压根儿就不想说的话，还有违背真心的谎话。因为我认定，只有这样做才不会吃亏。我觉得很讨厌。真希望道德规范能够早点改变。这样的话，我就不用再这么卑屈，也不必不是为了自己，而是为了别人的想法而过着提心吊胆的日子了。

哟，那里空了个座位出来！我赶紧从行李架上取下书包和雨伞，动作敏捷地坐了过去。右邻是个中学生，左邻是位身穿棉罩衣、背着小孩的大妈。大妈尽管上了年纪，却化着与其年龄不相称的浓妆，盘着当下流行的发型。她的脸很漂亮，但喉咙处挤满了黑色的皱纹，令人不忍直视，心生厌恶，甚至想揍她一顿。人站着的时候与坐着的时候，其思考的东西也是截然不同的。人一坐着，不知为什么，脑子里所装的尽是些不靠谱的、死气沉沉的念头。在我对面的座位上，神情茫然地坐着四五个年龄相仿的工薪族。大概有三十岁吧。每个人都让人讨厌。他们眼神浑浊，目光呆滞，无精打采。此刻，只要我对着其中的某个人一展笑容，仅此而已，我就有可能被活生生地拽过去，被逼着嫁给他。可得小心又小心呀。今天早晨，我净涌起一些千奇百怪的念头。这不，脑海里就蓦然闪过了一张脸，他是两三天前来我家打理庭院的花匠。我真拿自己没辙。尽管从头到脚看起来都的确是那个花匠，但唯独脸的感觉总有些不对劲。说得夸张点，那是一张宛如思想者的脸。正因为肤色黝黑，所以更显得身板结实。他的眼睛很漂亮，双眉紧挨着，一副聪明伶俐的样子，还长着一个大蒜鼻，但与他黝黑的肤色很般配，显得意志坚强。他嘴唇的形状也很不错。只是耳朵有点脏。看到他的手，才让人恍然大悟，他是一名花匠。他那张把黑色软帽戴得很低来遮阳的脸，让人觉得他只当一个花匠未免有些可惜。"那个花匠，一开始就是花匠吗？"我曾这样追问过母亲三四次，结果被母亲训斥了一番。今天，我拿来包书的包袱皮，就是那个花匠第一次来我家那天，我找母亲要来的那张。

那天，我们家正好大扫除，所以负责改造厨房和翻修榻榻米的师傅也全都来了。母亲也在拾掇着衣橱，从里面翻出了这张包袱皮，于是，我就要来了。是一张很有女人味的漂亮包袱皮。正因为漂亮，所以舍不得折叠起来。我就这样坐着，把它搁在膝盖上，三番五次地偷偷看它，还用手摸了摸。尽管巴不得电车里的所有人都看见它，但没有任何人瞅它一眼。如此可爱的包袱皮，只要谁肯稍微关注它一下，那我就算是嫁给他也毫不冤枉。“本能”，只要一遇到这个词语，我就有种想哭的冲动。本能的力量之巨大，凭我们的意志根本就无法驾驭——当我通过各种事情逐渐明白这一点时，我觉得自己都快要疯掉了。我感到迷惑，不知该如何是好。既不能否定它，也不能肯定它，就恍如有一个硕大无比的物体劈头盖脸地压了下来。而且，它正随心所欲地拽着我四处转悠。我心中同时涌起了两种情感，一是因被拽着行走而得到的满足感，二是怀着悲哀冷眼旁观着这一切的另一种情愫。为什么我们不能只安于自我满足，一辈子只爱自己呢？看到本能正得寸进尺地啃噬我之前的情感和理性，我不禁感到悲哀与无奈。哪怕有时稍微忘记了自我，事后也同样沮丧不已。原来，不管是这个自我，还是那个自我，无不潜藏着本能——发现这一点，让我不禁想哭，想大声呼唤“母亲”“父亲”。然而，所谓的真实，或许就出乎意料地存在于我们自己觉得讨厌的地方，所以才更让人觉得可悲。

已经到御茶水了。不知为什么，一下到月台上，所有的一切都烟消云散了。我想赶紧回忆起刚才发生的事情，但什么都回忆不起来。我焦急地试图继续想下去，可什么都想不起来，脑子里一片空白。是的，当时似乎既有非常打动自己内心的东西，也肯定有令我痛苦和羞愧的事情，可一旦过去了，就跟什么也不曾发生过一样。此刻这个瞬间，是很奇妙的。此刻、此刻、此刻——就在我们试图用手指拼命摁住它不放的时候，“此刻”却抽身飞向了远方，而造访我们的是另一个崭新的“此刻”。我一边沿着车站人行天桥的阶梯往上爬，一边像登山的信徒一样，在心里祈求万世太平。是的，这纯属犯傻。也许我有点过于幸福了。

今天早晨的小杉老师好漂亮。就跟我的包袱皮一样漂亮。老师与美丽的蓝色特别搭调。她胸前的大红色康乃馨，也格外醒目。如果她能去掉身上那种做作的成分，我会更喜欢她。是的，她太喜欢故作姿态了，让人觉得很有些矫揉造作。她那个样子，肯定很累吧。而且，她的性格中也有着令人费解的部分，很多地方都让人难以捉摸。她本来性格很阴郁，却偏要故作开朗。但不管怎么说，她都是一个魅力四射的女人。总觉得，让她当个学校的老师，有些大材小用。在课堂上，尽管她的人气已大不如以前，但我——是的，只有我一个人——还是和先前一样，被她所吸引。她就俨然是住在山中或湖畔古堡里的大小姐，是的，就是那种感觉。瞧，我都忍不住说了一大筐的赞美话。一说到小杉老师，我干吗就总是这么一本正经呢？或许是我脑子里进水了吧。突然变得好悲伤。从刚才起，她一直就爱国心喋喋不休，其实，那不是不言而喻的道理吗？要知道，无论什么人，都对自己的出生地抱着深深的爱吧。真是无聊。我把脸颊拄在桌子上，一脸茫然地眺望着窗外。也许是因为风刮得很猛，云彩显得分外美丽。庭院的角落里，绽放着四枝蔷薇花。一枝黄色的，两枝白色的，还有一枝粉红色的。我一边怔怔地端详着花儿，一边思忖道：人也不是没有优点啊。比如，发现花儿之美的是人，爱着花儿的也是人。

吃午餐时，突然说到了妖怪的话题。安兵卫姐姐〈1〉讲起了作为一高〈2〉七大怪事之一的"打不开的门"。听着听着，大伙儿被吓得哇哇哇地连声尖叫。尽管那种恐惧不会当场吓得你落荒而逃，但会作为心理上的刺激直捣你的内心，所以非常有趣。因为大家闹腾得太厉害了，因而，虽然才刚刚吃过午饭，这下肚子又饿得咕咕直叫了。于是，赶紧向豆馅面包夫人求救，要来糖果充饥。大伙儿好一阵子都沉浸在恐怖故事里。无论是谁，貌似都对妖怪故事兴趣盎然。也算是一种刺激吧。随后，大伙儿又聊起了久原房之助〈3〉的逸闻，尽管不是妖怪故事，但还是妙趣横生，笑点连

〈1〉 这里的"安兵卫姐姐"和后面的"豆馅面包夫人"，都是诨名。

〈2〉 一高：指第一高等学校，亦称"旧制一高"，曾附属于东京大学预备科，第二次世界大战后并入东京大学教养学部。

〈3〉 久原房之助（1869—1965）：日本财阀、近代实业家、政治家，曾创立日立矿山、日立制作所、久原商事等大型企业，并在田中义一任首相时担任内阁递信大臣。

连。

下午的图画课，大伙儿都走出教室，来到校园里练习写生。伊藤老师为什么总是平白无故地为难我呢？今天，老师又要我做他的模特。我今早带来的旧式洋伞，在班上大受欢迎，引起一阵骚动，结果让伊藤老师也知道了，就吩咐我带上那把雨伞，站在校园角落里的蔷薇花旁边，说是要描摹我的这种姿态，准备下次拿去参展。我答应老师，只给他当三十分钟的模特。哪怕一点点，只要能有助于别人，都让我备感欣慰。但和伊藤老师面对面时，我感到非常疲惫。他说起话来唠叨个不停，还摆出一堆大道理。兴许是过分意识到我的存在吧，他边写生边说的，全都是与我有关的话题。我甚至懒得搭理他，真够烦人的。他是个特磨叽的人，身为老师，却动辄就害羞脸红，或是莫名其妙地发笑，总之，就是特不爽快。我都想吐了。说什么“你让我想起死去的妹妹”，真受不了。没错，他是个好人，但过于装腔作势。

说到装腔作势，其实我也并不亚于他。而且，我还很狡黠，善于见机行事。但是因为确实不乏夸张虚假的成分，所以有时也会闹得不可收拾。“我因过于装模作样，反倒被装模作样牵着鼻子走，成了撒谎的怪物。”我就这样评价着自己，而这本身又构成了一种新的装模作样，其结果，还是身陷原处不能动弹。就这样，别看我在老老实实地给老师当模特，其实内心深处却在发出这样的祈祷：让我变得更本真、更诚实吧！是的，别再空读死书了。

只生活在观念中，还不懂装懂，无聊地妄自尊大，我蔑视你，瞧不起你！你缺乏生活目标，应该更加积极地面对生活和人生。你说自己矛盾重重，从而总是陷入思考和烦恼，但其实都不过是你的感伤而已。你只是在自我怜悯、自我安慰。此外，你也太高估自己了！啊，让心灵如此龌龊的我做模特，老师的画作肯定落选无疑。它不可能是美丽的。尽管这么说不应该，但伊藤老师怎么看都是个傻瓜。就连我的内衫上绣着蔷薇花，他也不知道。

一声不响地用同一个姿势站着，忽然间特别渴望要钱。哪怕只是十日元，也行。我现在最想读的，是《居里夫人》。随后，思绪又突然转到了母亲身上，好希望母亲健康长寿。不知为什么，一给老师当模特，就难受得要命。我已累得快趴下了。

放学后，我和寺院住持的女儿金子，悄悄溜到一家名叫好莱坞的理发店去剪头发。一看剪好的发型，根本不是我想要的样子，简直大为扫兴。无论从哪个角度看，我都一点也不可爱。突然觉得好惨烈、好沮丧。偷偷跑来这种地方剪头，让我感到自己就像是一只很龌龊的母鸡，此刻真是后悔不迭。我认为，我们到这种地方来，其实是在自我作践。不料，寺院住持的女儿却异常兴奋。

“索性就这样去相亲吧。”她无所顾忌地说道。说着说着，她貌似陷入了一种错觉，仿佛真的决定要去相亲了似的，以至于作古正经地连声问道：

“这种发型，到底插什么颜色的花儿才好呢？”“穿和服的话，哪种腰带显得更漂亮呢？”

真是个心比天宽的可爱人儿。

“你要和谁相亲呀？”我也一边笑着，一边问道。

“俗话不是说，买年糕还是得去年糕铺吗？”她作古正经地回答道。

“你这话，是什么意思？”我有些吃惊地追问道。

她回答说：“寺院的女儿当然最好还是嫁到寺院去呗。一辈子都不愁吃穿了。”

她的回答再次让我大跌眼镜。金子看起来完全没有个性，也因此反倒充满了女人味。说来，她也就是在学校里与我邻座罢了，而我对她也并没有表现出特别的亲昵，但这个住持的女儿逢人便说我是她最好的闺蜜。真是个可爱的女孩。每隔一天她就会写信给我，也总是对我关照有加，让我感激涕零，不过，今天她却表现得异样地兴奋，连我也有些生厌了。

与她分手后，我坐上了巴士。不知为什么，总觉得有种莫名的忧郁。在巴士上，我看见了一个讨厌的女人。她身穿领子上满是污渍的和服，用一把木梳卷起乱蓬蓬的红头发，手和脚都脏兮兮的。而且，她还有一张红里透黑的脸，恍若在跟谁赌气似的，让人分不清是男是女。再有——哎哟！我都快吐出来了。那女人竟然还腆着一个大肚子。她不时一个人嗤笑着。简直就是一只母鸡。但转念一想，悄悄跑到好莱坞去剪头发的我，其实和这个女人比也是半斤八两。

我想起了今天早晨在电车上与我邻座的那个浓妆艳抹的大妈。啊，恶心，真恶心。女人真是让人讨厌。正因为自己身为女人，所以更是对女人内心的污秽心知肚明，厌恶得咬牙切齿。就仿佛鼓捣金鱼后那种无法忍受的鱼腥味沾满了全身，再怎么清洗都洗不掉一样，自己也会日复一日地不断散发出雌性动物的体臭。一想到这里，脑海里就蹿出了另一个念头——索性趁还是少女时死掉算了。突然，我好想生病。如果能生一场大病，做到汗如雨下，身子暴瘦，那么，兴许我就能落得一身痛快，重拾纯净。但只要还活着，或许就难以从这种宿命中抽身逃遁吧。我觉得，自己也开始领悟到宗教的真正意义了。

从巴士上一下来，顿时舒了口气。交通工具，是真的使不得。里面空气浑浊，不堪忍受。还是大地让人心旷神怡。踩着泥土信步而行，会莫名地喜欢上自己。我变得有些飘飘然，就像一只天堂里的快乐蜻蜓。“回家啰回家啰！你在瞅什么？我在看田里的洋葱，青蛙叫着催我回家啰！”我试着小声哼唱起来。瞧，这孩子多悠闲啊！就连我自己都看不过去了，觉得这个光长个头的人太可恨了。我决定要做一个好女孩。

这条回家的田间小道，因每天都看腻了，所以早就忘了这一带有多么宁静。这里只有清一色的树木、道路、田畴。今天，我就权且化身为初次造访的外乡客吧。对了，我是神田一带木屐匠的女儿，生平第一次踏上这郊外的土地。如此一来，这乡间又会呈现怎样的光景呢？是的，这是一个绝妙的主意，一个又有些可怜的主意。我板着一本正经的面孔，故意很夸张地四处张望。当沿着小小的林荫道往下步行时，我抬起头，眺望着长满新绿的枝头，故意发出“啊”的轻声赞叹；而跨过一座土桥时，我久久地俯看着下面的小河，让自己的脸映照在镜子般的水面上，“汪汪汪”地学着狗叫；当眺望远处的田畴时，我眯缝起眼睛，装着一副沉醉的样子，嘟哝着感叹道：“真美啊！”到了神社，先姑且小憩一下。因神社所在的森林中光线很暗，我慌忙站起身来，一边说着“哇，好吓人，好吓人”，一边微微耸了耸肩膀，然后急匆匆地穿过了森林，还对森林外面明亮的光线故意做出惊讶的样子。就在我为了发现各种新奇的东西而凝神走在田间小路上时，不知为什么，我突然感到一种难以忍受的悲凉，终于一屁股瘫坐在道旁的草地上。坐到草地上之后，刚才那种欢呼雀跃的心情啪的一声消失了，瞬间又回复到作古正经的状态中。于是，我开始静静地、慢慢地思考近来的我。为什么近来的我如此糟糕呢？又为什么如此不安呢？似乎总是畏葸着什么。前不久，就有人这么说我：“你变得越来越俗气了。”

兴许是吧。我确实变得很糟糕。很无聊。这可不行，真的不行。我好软弱，好软弱。突然间，“哇”的大叫声差点儿就迸出我嘴巴。仅凭几声叹息来掩盖自己的软弱，也注定是白搭。必须得再想些办法。是的，没准儿我在恋爱也说不定。我仰面横躺在青青的草地上。

“爸爸！”我试着叫道。爸爸！爸爸！布满晚霞的天空很美很美。傍晚的雾霭是粉红色的。是夕阳的光芒融化并渗透在了雾霭中，雾霭才变成了如此柔和的粉红色吧。那粉红色的雾霭摇曳着、流泻着，忽而潜入灌木丛中，忽而彳亍在道路上，忽而抚摸着草地，进而轻轻地簇拥着我。那种粉红色的光线幽静地照耀在我的每一根毛发上，并轻柔地抚摸着。与这些相比，天空更是显得格外美丽。对于这样的天空，我生平第一次产生了想低头鞠躬的冲动。此刻，我是相信神灵的。这天空，究竟是什么色彩呢？蔷薇。彩虹。天使的翅膀。大伽蓝。不，才不呢。分明是更神圣的颜色。

“我好想爱所有的一切。”这想法让我差一点潸然泪下。凝眸仰望着天空会发现，天穹正渐渐改变，越来越呈现出些许的青色。我不住地感叹，恨不得脱下衣服，与眼前的风景赤裸相见。树叶和青草从没有像此刻这样显得透明和美丽。我试着悄悄摸了摸地上的青草。

我要美丽地活着。

回到家一看，有客人来访。母亲也已回到了家里。像往常一样，又是传来一阵喧闹的笑声。当母亲只和我在一起时，无论脸上绽放出怎样的笑容，也绝不会发出声音的。可与客人在一起时，尽管脸上毫无笑容，却高亢地笑着。打过招呼后，我便绕到房子背后，在水井旁洗了手，又脱下袜子开始洗脚。这时，鲜鱼铺的老板来了，边说着“让你们久等了，谢谢每次的关照”，边把一条大鱼搁在水井旁，转身回去了。这是条什么鱼呢？尽管说不上来，但从鱼鳞很小这点来看，感觉应该是北海道产的鱼。把鱼放进盘子里之后，又再次洗了洗手，果不其然，闻到了一股北海道夏天的味道。我顿时想起了前年暑假去北海道姐姐家玩时的光景。位于苫小牧的姐姐家，兴许是因为离海岸很近吧，总是散发着一股鱼腥味。傍晚，姐姐独自在空旷的大厨房里，用她那属于女人的白皙双手，娴熟地烹饪着海鱼。那情景此刻栩栩如生地浮现在我的脑海里。不知为什么，当时我只想着要跟姐姐撒娇，而且这种心情是那么强烈，那么急不可待。姐姐那时已经生下了阿年，不再只属于我一个人，所以，一想到这里，就感觉到有股凛冽的贼风嗖地刮进我胸口。再也不能搂住姐姐那纤细的肩胛了，这让我凄凉得如同死了一般。我一动不动，伫立在昏暗厨房的角落里，久久地凝视着姐姐那轻轻动弹着的白皙的手指，看得近于神思恍惚。是的，我又想起了这一幕。过去了的事情，全都那么令人怀念。所谓的亲人，乃不可思议的存在。如果是旁人，一旦远离就会关系趋淡，逐渐遗忘，而亲人却不同，毋宁说反倒只留下了令人怀念的美好记忆。

水井旁的茱萸果，已微微泛起了红色。再过两个星期，指不定就能吃了。对了，去年发生了一件很滑稽的事。傍晚，当我一个人摘下茱萸果，含在嘴里嚼着时，嘉皮在一旁默默地看着。瞧它怪可怜的，我就给了它一颗。于是，嘉皮一口就吃了下去。再给了它两颗，它又吃了。我觉得太有趣了，就使劲摇晃着这棵树，让果子啪嗒啪嗒地掉落在地上。嘉皮仿佛上了瘾，乐此不疲地吃了起来。真是条奇葩狗。肯吃茱萸果的狗，我还是第一次见识到。我踮起脚尖，从树上摘下茱萸果来吃，而嘉皮则在树下捡着果子吃。真是太滑稽了。一回忆起这个情景，就突然好想嘉皮了。

“嘉皮！”我大声叫道。

嘉皮从玄关那边扭捏作态地跑了过来。突然觉得嘉皮太可爱了，可爱得让人直咬牙。我一使劲攥住嘉皮的尾巴，它就轻轻地咬住了我的手。我觉得眼泪差一点就要夺眶而出，便用手敲了敲它的脑袋。嘉皮若无其事地喝着井水，还发出一阵声音。

走进房间一看，电灯点着，发出幽微的光亮。屋子里一片阒寂。根本不见父亲的身影。一旦没有了父亲，总觉得整个家里就像是空出了一块巨大的空间，让人有种揪心的疼痛。我换上和服，吻了吻脱下的内衫上绣着的蔷薇花，然后坐到了化妆台前。这时，从客厅里哗然响起了母亲和其他人的笑声。我心中燃起一股莫名的怒火。母亲和我单独在一起时还算好，可一旦来了客人，就很奇妙地离我远远的，是那么生疏和冷淡。这种时候，我最怀念父亲了，以至于身陷悲伤之中难以自拔。

从镜子里一看，我的脸竟然神采奕奕，这让我备感讶异。想来，脸无异于另一个他人。它与我自身的悲伤、痛苦等心情全然无关，而作为另一个个体自由地活着。尽管今天没有擦腮红，脸颊却红扑扑的，嘴唇也是红里透亮，显得煞是可爱。摘下眼镜，试着露出了微笑。瞧，眼睛好漂亮。蓝蓝的，清澈而澄净。也许是因为长时间注视着傍晚美丽的天空，眼睛才变得如此漂亮的吧。真是太好了。

我有些喜不自禁地走进了厨房，可就在淘米的过程中，又突然莫名地悲伤起来。好怀念以前住在小金井的那个家。这种怀念是如此强烈，仿佛整个胸膛都要着火了似的。在那个漂亮的家中，不光有父亲，还有姐姐。就说母亲吧，也是那么年轻。一放学回家，我就会和母亲，还有姐姐，在厨房或者起居室里饶有兴味地聊天说话。我会吵着要点心吃，不停地向她们撒娇，或是故意找姐姐的碴儿来跟她拌嘴，不用说，最后肯定会遭到母亲的训斥。于是，我跑出家门，骑着自行车去老远老远的地方。等到黄昏时才回来，然后和家人们快乐地享用晚餐。老实说，真的很快乐。那时候的我也不必因过分关注自己而扭捏作态，只管率性地撒娇就好。我享受着多么巨大的特权啊！而且是心安理得地享受着。无忧无虑，既感受不到寂寞，也感受不到痛苦。父亲是个了不起的好父亲，姐姐也很温柔体贴，我总是什么都依赖姐姐。最可怕的是，随着渐渐长大，我开始变得令人讨厌，其特权也不知不觉地消失了，就仿佛被脱光衣服，暴露出了丑陋的身体。我再也不能向别人撒娇了，成天陷入思考中，徒增着无穷的苦恼。姐姐出嫁了，父亲也不在了，只剩下母亲和我相依为命。想必母亲也很寂寞吧。前不久母亲还说："从今以后，已不再有活着的乐趣了。说实话，就算看着你，我也不太能感受到快乐。就请原谅我吧。既然你父亲不在了，那么幸福也就别来眷顾我好啦。"她还说，只要蚊子一出来，她就会想起父亲；一拆洗衣服，也会想起父亲；剪指甲的时候，也会想起父亲；当品尝到一杯好茶时，也会想起父亲。是的，无论我如何体恤母亲的心情，陪她聊天说话，都无法替代父亲的存在。所谓夫妻之间的爱，乃这世上最强烈的情感，肯定比血亲之间的爱还要尊贵。瞧，我脑子里净装些不该我有的想法，所以不由得脸颊发红。我用湿漉漉的手向上挠起头发，一边淘着米，一边想着母亲，觉得她是那么可爱，又那么可怜，由衷地想要好好珍爱她。赶紧把这烫了波浪的头发拉直，让它长成一头飘逸的长发吧。母亲以前就不喜欢我梳短发，所以我就留一头长发，束起来给她看吧。想必她会高兴的。不过，我也不愿意靠这样做来安慰母亲。我讨厌这样。想来，我最近的焦虑也与母亲大有关系。我想做一个与母亲心贴心的乖乖女，但也讨厌为此而曲意迎合她。即使一声不吭，母亲也能秒懂我的想法，并信任我的话，那是再好不过的。无论我多么任性，也绝不会做出沦为世间笑柄的蠢事，即便再难过、再寂寞，我也会好好守护重要的东西。我爱着，并且是深爱着母亲与这个家，所以，如果母亲也能绝对信任我，过她悠闲舒坦的日子，那就足够了。我一定会做得很出色的。哪怕粉身碎骨也要竭力去做。对于现在的我来说，那便是最大的快乐，而且是未来人生的道路。可是，母亲压根儿就不信任我，还把我当小孩对待。只要我说一些孩子气的话，她就会兴高采烈。前不久我犯傻，拿出尤克里里琴，故意叮叮咚咚地乱弹一气，结果母亲由衷地露出了欣慰的表情。

“哎呀，这是在下雨吗？我听到了雨点滴落的声音呢。”她故作糊涂地这样说来打趣我。她似乎认为，我是真的热衷于尤克里里琴，结果让我难过得好想哭。母亲，我已经长大成人了。世上的事，我已经什么都知道。有什么，你就放心地找我商量好啦。哪怕是家里的经济状况，也毫无保留地告诉我吧。“现在的状况就是如此，你也……”如果你能这么对我说话，我是绝不会赖着你，硬要你给我买鞋子的。我会成为一个靠得住的、节俭又节俭的姑娘。真的，我不骗你。我想起了一首叫《可是啊，可是》的歌曲，不由得哧哧地笑了。回过神来才发现，我怔怔地把手放在铁锅里，一直保持着这种姿势，像个傻瓜一样胡思乱想着。

糟了，糟了，必须赶快给客人们准备晚餐了。刚才那条大鱼该如何处置呢？姑且先切成三大片，抹上味噌酱吧。这样吃起来，肯定会很美味吧。说到烹调，不就是全凭直觉吗？家里还剩了点黄瓜，就用糖、酱油和醋来拌三味黄瓜吧。还有就是我擅长的煎鸡蛋。此外，还可以再凑成一道菜。哦，对了，就做洛可可料理吧。这算得上是我的发明创造，把火腿、鸡蛋、西芹、卷心菜、菠菜等厨房里剩下的菜全部动用起来，按照各种颜色进行漂亮的搭配后，再分别装进一个个盘子里。它既省事，又经济划算，虽说味道一点也不好，但放到餐桌上，尽显热闹和华丽，看起来俨然是一顿豪奢的盛宴。这不，鸡蛋下面是青青小草般的西芹，旁边隐约绽露出红珊瑚似的火腿，而卷心菜的黄色叶子则摊放在盘子的底层，既像牡丹的花瓣，又像羽毛的扇子。苍翠欲滴的菠菜是像牧场，还是更像湖水呢？如果有两三个这样的盘子并放在餐桌上，兴许客人会蓦然间想到路易王朝。尽管还不至于好到这种地步，但既然我做不出什么美味佳肴，那么至少要在视觉上做得更漂亮，让客人们看得头晕目眩，从而蒙混过关吧。料理，最重要的是视觉感受。大抵都能靠这一招敷衍过去的。不过，这个洛可可料理很需要绘画感。在色彩的搭配上，如果不能做到比常人加倍地敏感，那就会惨遭失败的。至少得有我这样的纤细感觉才行。前不久，我在字典上查了查洛可可这个词，结果上面的定义是：“指只是外观华丽，而内容空洞的装饰形式。”看到这个，我禁不住笑了。堪称再好不过的答案。所谓的美，怎么可能容得下内容？要知道，纯粹的美，永远都是毫无意义的，是拒绝道德的。肯定是这样。我喜欢洛可可。

经常是这样，在我边做菜边尝味道的过程中，不知为什么，总会被一种深深的虚无感所攫住。我累得要死，情绪变得低落而忧郁。所有的努力都已达到饱和状态。一切的一切，无论怎么着都无关紧要了。结果，我开始变得自暴自弃：管它味道也好，外观也好，全都随它去吧。最终我只是敷衍了事地乱弄一通，就一脸愠色地端给客人。

今天的客人尤其让我郁闷。他们是住在大森的今井田夫妇和他们七岁的儿子良夫。今井田先生已年近四旬，却有着奶油小生一般的白嫩肌肤，真让人恶心。他干吗要抽敷岛牌香烟〈1〉呢？说来，带有过滤嘴的香烟，总给人一种不洁的感觉。因此，说到抽烟，就只能是不带过滤嘴的。如果有人抽敷岛牌香烟，那他的人格都值得怀疑。今井田先生一边朝着天花板吐出一个个烟圈，还一边“哦，哦，的确如此”地说着。据说，眼下他在夜校当老师。他的夫人个子很娇小，总是战战兢兢的，而且举止粗俗。不管听到多么无聊的区区小事，她都会笑得直不起腰来，以至于脸都快贴在榻榻米上了。真有那么好笑吗？指不定她有一种误解，认为夸张地躬身大笑是什么高雅的举止。在如今这世上，或许这个阶层的人才是最可恶、最龌龊的。也就是所谓的小布尔乔亚，或者所谓的小官吏吧。就连他们的小孩也一副少年老成的模样，一点也不诚实和活泼。尽管我心里这么想着，却拼命克制着，只是朝

〈1〉 敷岛牌香烟：由日本大藏省专卖局从 1904 年 6 月 29 日至 1943 年 12 月下旬生产销售的一种带有过滤嘴的香烟品牌，在当时的日本属于国产品牌的高级香烟。

他们躬身行礼，或是有说有笑，还一边连声赞叹“良夫，好可爱，好可爱”，一边抚摸他的脑袋，靠撒谎来欺骗大家。从这一点来看，也许今井田夫妇远比我更清纯。大家吃着我的洛可可料理，对我的厨艺啧啧赞叹。我都弄不清是感到寂寞还是生气，反正特别想哭，尽管如此，仍旧装出喜不自禁的表情。过了一会儿，我也坐下来，开始陪着大家吃饭。今井田夫人仍没完没了地夸奖着我，蠢得让我窝了一肚子火。好吧，我决定再也不撒谎了，于是说道：

“这种料理，口感一点也不好。但因为家里什么都没有，所以也算是黔驴之技吧。”

我自认为道出了实情，不承想今井田夫妇却拍着手，笑着说道：“黔驴之技，这说法真妙！”听他们这么一说，我懊恼得不得了，真想撂下碗筷，放声大哭。我拼命忍耐着，朝他们强打起笑容。结果，就连母亲也这样说道：

“这孩子，也算是慢慢派上用场了呢。”

母亲明知我内心的悲伤，但为了迎合今井田夫妇，故意说出了如此无聊的话来，而且还嘿嘿嘿地笑了。母亲，为了讨好今井田夫妇，犯得着作践到那步田地吗？面对客人时的母亲，已不再是母亲了，而只是一个弱女子。难道因为父亲的离去，就必须变得如此委曲求全吗？我难过得哑然失语。请回吧！请回吧！没错，我的父亲是一个出色的人。他心地善良，人格高尚。但如果因为父亲不在，就那么小瞧我们，那就赶快请回吧！我真想这样奉劝今井田先生。尽管如此，我毕竟还不够坚强，只得又是给良夫切火腿，又是给夫人夹泡菜，千方百计地为他们服务。

吃过晚饭后，我就马上躲进厨房，开始收拾起来。我想赶快一个人清静一下。倒不是我自视清高，我只是觉得，没必要再勉强自己去迎合他们的话题，或是跟他们强装笑颜。对待那些人，不需要彬彬有礼，不，更不需要曲意奉承。太讨厌了。我再也不想继续这样了。只要是能做的，我都已经做了。看见我强忍住不满，热情待客的样子，母亲不也是满脸喜悦吗？可仅凭这一点，就够了吗？应酬归应酬，自己归自己——到底是把这两者严格区分开来，井然有序而又心情舒畅地待人接物；还是就算遭人诟病，也从不迷失自我，光明磊落地坚守本心呢？这两者究竟哪一个更好？我实在是难以抉择。我羡慕一种人，他们能一辈子都只生活在与自己同样软弱、同样善良、同样温暖的人们中间。如果能免受痛苦地度过一生，那就没有必要特意去追逐痛苦。而这才是上策。

扼杀自己的心情，而去服务于别人，无疑是好事，但如果从此必须每天都对今井田夫妇那样的人强装微笑，应声附和，那我没准儿会精神失常的。忽然间，我涌起了一个可笑的念头：我这个人，是没法进监狱当罪犯的。别说进监狱当罪犯，就连女佣也当不了。当然，也当不了别人的太太。不，当太太可不一样。如果能打定主意，做好心理准备，将一生奉献给那个人，那么，不管多么痛苦，就算劳作到晒成黑人，也能充分感受到生存的价值。因为充满了希望，所以我也能出色地履行职责。这是理所当然的。为了他，我会从早到晚，像只小白鼠一样拼命地干活，不停地洗濯衣物。没有比堆满脏衣服更让人不快的了。这时的人会变得焦虑不安，难以平静，就像得了歇斯底里症一样，有种想死却死不了的感觉。当把脏衣服一件不留地全部清洗干净，然后晾晒在竹竿上时，我不禁觉得，就此我已死而无憾。

今井田夫妇这就要回去了，说是有什么事，要叫上母亲一起出去。母亲好好好地连声应答着，跟着他们走了出去。母亲也真是的。今井田动不动就利用母亲，并不只是这一次。他们夫妇俩的恬不知耻，已让我讨厌到了极点，恨不得揍他们一拳。我把大家送到大门口，一个人茫然地眺望着黄昏的道路，忍不住想哭。

邮箱里放着晚报和两封信。其中一封是寄给母亲的，是松坂屋夏季大甩卖的广告单。另一封是表哥顺二寄给我的，只是简单地通知我，说他不久就要调任到前桥的连队去了，还让我代他向母亲问好。尽管军队的士官也不可能奢望什么精彩的生活，但他们每天那种严格紧凑的起居生活所具有的规律性，让我羡慕不已。我想，如果身体总是保持着井然有序的状态，也许心情上反倒更轻松自如吧。而像我这样的人呢，却属于完全相反的情况：如果什么都不想做，就可以索性什么也不做，并处在任何糟糕的事情都可能发生的状态中；如果想读书，就有堪称无限的读书时间；如果说到愿望，又觉得有很多愿望可以去实现似的。正因为这样，如果能明确给我划定一个努力的范围，比如告诉我，你就从这里做到那里为止，不知道我的心情会轻松多少。如果能严格地约束我，反倒值得感激。说到战场上的士兵，他们的愿望就只有一个，那就是美美地酣睡一场。这是在某本书上读到的，我一方面觉得那些士兵的辛苦值得怜悯，另一方面又觉得非常羡慕。渴望与那些讨厌而烦琐的、没完没了而又捕风捉影的、如洪水般的思绪干净利落地斩断干系，而只想着睡觉，这的确是一种没有杂质的单纯状态，仅仅是设想一下，也备感痛快。要是我能在军队生活中好好锻炼一番，指不定我能多少有所改变，成为一个爽快而美丽的女孩。不过话说回来，即便不过军队生活，不也同样有像阿新那样率真的人吗？但我做不到。我是一个相当糟糕的女孩。一个坏孩子。阿新是顺二的弟弟，和我同年，但为什么是一个那么完美的好孩子呢？在所有的亲戚中，不，在整个世界上，我最喜欢的就是阿新了。阿新的眼睛看不见。年纪轻轻的就失明了，这算哪门子事呢？如此寂静的夜晚，独自待在房间里，他会是怎样的心情？如果换作是我们，即便很孤单，也还可以读读书，看看风景，从而多少排解心中的落寞，但阿新做不到。他只是一声不响地沉默着。一直以来，他都比别人付出了成倍的努力，拼命地读书，也擅长网球和游泳。而眼下的落寞与痛苦，他又是怎样面对的呢？昨天夜里，我又想到了阿新，上床后，试着用五分钟的时间来紧闭双目。在床上闭着眼睛，哪怕是五分钟也感到格外漫长，只觉得胸口发闷，阿新却成年累月，不管早中晚，都什么也看不见。若是他肯跟我们发发牢骚，耍耍脾气，使使性子，那我倒还能感到些许的欣慰，可阿新就是缄口不语。我从没听到过阿新开口抱怨什么，或是说别人的坏话。而且，他的言语中总是带着明快的色彩，一脸天真无邪的表情。这更是让我心里堵得慌。

我一边胡思乱想，一边打扫客厅，然后去烧洗澡水。在等洗澡水烧开的过程中，我坐在柑橘箱上，就着微弱的煤油灯，做完了学校的作业。可洗澡水还没有烧开，于是，我试着重新阅读《濹东绮谭》〈1〉。里面所描写的情节，绝不是令人生厌的龌龊东西，但字里行间随处可见作者矫揉造作的成分，让人觉得很陈腐、不靠谱，甚至不由得想说，你这是在干吗呢。也许是作者上了年纪的缘故吧。然而，外国作家无论上了多大的年岁，都更加大胆，更加甘美地爱着对象。这反而不让人觉得讨厌。不过话又说回来，这部作品在日本难道不属于上乘之作吗？在这部作品的深处，能感觉到一种较为真实而宁静的达观，让人神清气爽。即使在这个作者的全部作品中，它也是最成熟老练的小说，是我的大爱。总

〈1〉《濹东绮谭》：日本唯美派作家永井荷风（1879—1959）的代表作之一，描写了隅田川一带花街柳巷的生活，充满了唯美主义和怀旧之风。

觉得，这个作者是一个责任心很强的人。其大量的作品都因太执着于日本的道德，反而故意表现出强烈得有些突兀的反叛姿态。这是情到深处者很难幸免的伪恶趣味。或许可以说，因故意蒙上恶鬼的面具，反倒淡化了作品的魅力吧。不过，这本《濹东绮谭》倒是始终贯穿着一种带着落寞感的强悍。我喜欢。

洗澡水终于烧开了。给浴室点上电灯，脱掉衣服，再把窗户打开到最大限度后，就悄悄钻进浴盆里泡起澡来。透过窗户，可以看到珊瑚树的蓝色叶子。只见一片片树叶沐浴着电灯的光线，闪闪发亮。是的，天空中群星璀璨。我盯着天空看了又看，发现那些星星一直在熠熠闪光。在仰着头，出神地望着星空时，我故意不去关注自己微白的胴体，但还是能隐约感觉到，它好端端地存在于我视野的某个角落。而就在我沉默之时，已能感觉到它有别于小时候的白皙。真受不了。肉体这东西，竟然不听人心情的使唤而兀自长大成熟，叫人不堪忍受，困惑无比。对于明显长成大人的自己，我竟一筹莫展，真是悲哀！难道只能听其自然，眼睁睁地看着自己成为大人吗？我希望自己的身体永远像偶人一般。即便试着装作小孩子划弄洗澡水，也总觉得内心沉甸甸的，好生痛苦，就仿佛从今以后已失去了活下去的理由。这时，从庭院对面的荒地里，传来了别家小孩半带哭腔的叫声：“姐姐——”这叫声猛戳了一下我的胸口。尽管明知不是在叫我，但我对那个小孩哭喊着、仰慕着的姐姐心生羡慕。要是我也有一个像那样仰慕我、依赖我的弟弟，我就不会像现在这样成天过着张皇失措、丢人现眼的日子了。指不定会干劲十足地活下去，愿意把一生都奉献给弟弟。说真的，无论多大的痛苦，我都愿意忍耐。我兀自铆足了劲儿。可不一会儿，又深感自己是多么可怜。

洗完澡起来，不知为什么，今夜特别想看星星，就来到了庭院里。星星就像是要由天而降似的。啊，夏天已近在咫尺。青蛙在到处鸣叫，小麦在沙沙作响。我无数次仰望天空，只见繁星点点，熠熠闪光。对了，是去年的事，不，不是去年，而是前年了。我硬是吵着要去散步，父亲明明有病在身，但还是陪着我去散了步。父亲永远都是年轻的，他教我哼德语小曲(歌词的意思是“你活一百，我活九十九”)，跟我讲星星的故事，还即兴创作诗歌。他拄着拐杖，噗噗地吐着口水，不停地眨巴着眼睛，陪着我一起散步。他是一个好父亲。当我默默无语地仰望着星星时，脑海里就会清晰地浮现出父亲的面容。那之后的一两年中间，我渐渐变成了一个糟糕的女孩，开始拥有了很多很多只属于我一个人的秘密。

回到房间后，我坐到桌子前，托着腮帮，凝视着桌上的百合花。它散发出一股好闻的气味。一闻到百合的香味，哪怕像这样一个人百无聊赖，也绝不会萌生肮脏的念头。这枝百合是昨天傍晚我去车站散步，回家时在花店买来的。之后，就像彻底换了个房间似的，这间屋子顿时变得清爽了许多。只要一打开隔扇，百合的芳香就会扑鼻而来，别提多舒爽了。这样全神贯注地看着它，觉得比所罗门王还要奢华。这是一种源自肉体的感觉，真实而可信。忽然之间，我又想起了去年夏天在山形的情景。登山的时候，看见悬崖半山腰上那到处怒放的百合花，我不禁大吃一惊，完全陶醉了。但毕竟我知道，那么陡峭的山坡是根本无法攀登的，所以再怎么被魅惑，也只能在一旁静静地观赏。这时，一个不认识的矿工正巧也在附近。只见他一声不吭地沿着峭壁向上攀登，转瞬之间便给我折来了很多百合花，我甚至两只手都抱不住。他一笑也不笑，全都塞到了我手上。是的，满满的百合花。不管在多么豪华的舞台上，还是在多么盛大的婚礼上，都没有人收到过如此多的鲜花吧。我第一次体会到，什么叫因为花而头晕目眩。我伸开双臂，总算抱住了那一大束雪白的百合花，结果眼前什么都看见了。那个让我感动的、友善而认真的年轻矿工，如今怎么样了呢？冒险去帮我摘花，说来也就仅此而已吧，可每当看见百合花，我都必定会想起那个矿工。

打开桌子的抽屉一扒拉，去年夏天的扇子就钻了出来。扇子的白色纸面上画着一个元禄时代[1]的女人，她扭着身体，有失雅观地歪坐着，身边还画着两个翠绿的酸浆果。于是，去年的夏天就像一股烟雾，从这把扇子上袅袅升起。顷刻间，在山形的生活、

〈1〉 元禄时代：即1688年到1704年。

火车上的情景、浴衣、西瓜、河流、知了、风铃，全都在脑海里一一掠过……突然间，好想马上就带着这把扇子去搭乘火车。打开扇子的那种感觉，真是妙不可言。只听见啪的一声，扇骨便左右滑开，骤然变得轻巧而灵动。就在我来回鼓捣着扇子时，母亲回家来了。看来她心情不错。

“啊，累死我了，累死我了。”她嘴上这么说，可脸上的表情并没有什么不高兴。她就喜欢帮人到处张罗，所以也算是没有办法的事。

“总之，真是一言难尽啊！”说着，她换上家居服去泡澡。

洗完澡起来，她一边和我喝茶，一边露出了有些诡异的微笑。就在我琢磨着母亲会说什么的时候，她开口说道：

“你呀，前不久不是吵着想去看《裸足的少女》[1]吗？如果真的那么想看，你就去吧。作为代价，今儿晚上就帮妈妈揉揉肩吧。帮妈妈做完事再去看，应该更开心吧？”

就别提我有多高兴了。我一直想看《裸足的少女》这部电影，但因为近来总是在玩，所以就没好意思说出口。不承想，母亲居然看穿了我的心思，故意吩咐我做事，好让我可以理直气壮地去看电影。我简直太开心了。我好喜欢母亲。于是，不自觉地笑了。

夜里，像这样单独与母亲厮守在一起，貌似已经久违了。因

〈1〉《裸足的少女》：捷克斯洛伐克电影，于 1936 年前后在日本上映。

为母亲有很多的应酬。想必母亲也铆足了劲儿，不想被世间瞧不起吧。在这样给母亲按摩肩膀时，能深切感受到母亲的疲惫正向我的身体蔓延过来。我决心，一定要保护好母亲。今天，今井田在我家时，我还曾悄悄地憎恨过母亲呢，此刻我感到羞愧难当。对不起！我试着轻声嗫嚅道。我总是只想着自己，在母亲面前只顾着撒娇，还态度蛮横。对于每次母亲有多么痛苦，从来都漠不关心。自从父亲过世，母亲真的虚弱了一大截。我总是抱怨，说自己好痛苦好难受，把一切都交给母亲来扛着，可只要母亲有一点想寻求我的帮助，我就像看见了什么讨厌的肮脏东西似的，真是太任性，太自私了。不管母亲还是我，都同样是弱女子。从今以后，就满足于母女俩的日子，时刻都设身处地为母亲着想，跟她说说往事，或是聊聊关于父亲的回忆吧。总之，希望过以母亲为中心的日子，哪怕只有一天也好。而且，我希望自己能从中充分感受到生存的价值。尽管我打心眼里担心母亲，希望做一个乖乖女，可一落实到言行举止上，就成了一个十足的小屁孩。说来，最近的我就是个坏孩子，找不到一丁点的可爱之处，完全就是个任性的孩子。什么痛苦、烦恼、寂寞、悲伤等，它们究竟是何方神圣？真要把它们都抖搂清楚，无异于要了我的命。尽管心里也不是不明白，但如果硬要用一句话来概括，不是连一个相近的名词或形容词都说不出来吗？所以我才会不知所措，以至于最后怒火中烧，变成某种奇怪的生物。过去的女人经常遭到诟病，被说成奴隶、玩偶，或者无视自己的虫豸，但与现在的我相比，显然拥有更多正面意义上的女人天性，而且心胸开阔，具备足够的睿智，去潇洒地应对忍辱负重的生活，也对纯粹的自我牺牲之美了如指掌，对不计报酬的奉献之乐深谙在心。

“啊，一个优秀的按摩师。真是个天才。”母亲像往常一样打趣起我来。

“应该是吧。因为我心中凝聚了爱呗。不过，我的厉害之处，并不只限于周身按摩呢。如果只有那两下子，也太不中用了。我呀，有更多的可取之处呢。”

我把自己的想法原封不动地说了出来。那些话语也清澈地回响在我的耳畔。想来，最近两三年，我都好久不曾像这样天真而痛快地说话了。我高兴地想到，也许只有有了清醒的自知之明，并抱着达观的态度，才可能诞生一个冷静而崭新的自我。

今晚，我在各种意义上都要向母亲致谢，所以在按摩结束后，作为追加的服务项目，我又给她读了几段《爱的教育》〈1〉。母亲知道我在读这样的书，脸上露出了欣慰的表情，不过，前些日子在

〈1〉《爱的教育》：意大利作家亚米契斯出版于1886年的一部日记体儿童小说。小说以一个男孩的眼光，从10月的开学第一天，一直写到第二年7月，记录了四年级生活的所见、所闻和所感。

读凯塞尔[1]的《白日美人》时，母亲一声不响地从我手上拿起那本书，只瞄了瞄书皮，就板起一张脸。尽管如此，她什么也没说，只是沉默着又马上把书还给了我。不知为什么，我觉得好讨厌，就再也不想读下去了。按理说，母亲是没有读过《白日美人》的，但貌似仅凭直觉就猜想到了大致的内容。夜里，在一片阒寂中，我独自出声地读着《爱的教育》，觉得自己的声音听起来又刺耳又愚蠢，读着读着，不时感到好无聊，更觉得对不住母亲。因为周遭鸦雀无声，我的诵读就显得更加愚蠢。无论什么时候读《爱的教育》，心中都会涌起与小时候阅读时完全相同的感动，觉得自己的内心也得到了净化。真好，这种感觉。不过，出声地诵读和用眼睛默读，其感觉的差异之大，令人惊讶和无语。不过，在听到安利柯和卡隆的那一节时，母亲低下头哭了起来。我家母亲跟安利柯的母亲一样，是个美丽而伟大的母亲。

母亲先躺下休息了。今天一大早她就出门去忙活，想必是累坏了吧。我帮她重新掖好被子，在被褥角上啪嗒啪嗒地拍打了几下。母亲总是一上床，就马上会闭眼睡着的。

随后，我到浴室里洗衣服。最近我染上了一个怪毛病，经常

〈1〉 凯塞尔：即约瑟夫·凯塞尔（1898—1979），
法国犹太裔记者，小说家，法兰西学院院士。
出生在阿根廷恩特雷里奥斯省，后全家移居法国。
《白日美人》是其代表作之一，主要探讨了爱与性欲的主题。

是到了十二点左右，才开始洗衣服。我觉得，大白天哗啦哗啦地洗衣服，纯属浪费时间，未免可惜，可事实上也许正好相反。从窗户可以看到月亮大人。我蹲下身来，一边洗衣服，一边朝月亮大人莞尔微笑着。而月亮大人却毫不理会。突然，我莫名地相信，在这同一瞬间，在某个地方，也有某个可怜而寂寞的女孩，和我一样，一边这样洗濯衣服，一边朝着月亮大人悄然微笑着，是的，的确是在微笑着。那是在遥远的乡间山顶上的一间独屋，夜深人静了，此刻有个痛苦的女孩一声不响地来到屋子的背后洗衣服。还有，在巴黎背街的肮脏公寓里，也有一个和我年纪相仿的女孩正独自一边悄悄地洗着衣服，一边朝月亮大人送去了微笑。这一切是不容置疑的，就像是用望远镜亲眼看到的那样，色彩鲜明地浮现在我的眼帘。是的，没有人真正了解我们的痛苦。不久，我们就会长大成人，那样一来，或许就会认识到眼下的苦恼和寂寞是多么可笑，多么微不足道，并坦然地追忆那一切吧。但是，在长大成人之前，我们该如何来熬过这段漫长而又讨厌的时光呢？谁也不告诉我们。或许这是一种跟麻疹差不多的疾病，除了放任不管，别无他法。不过，既有人因麻疹而呜呼哀哉，也有人因麻疹而眼睛溃烂，所以放任不管是万万不可的。有人就是像我们这样，每天郁郁寡欢，动辄恼怒，结果不慎失脚，一坠到底，成为不可救药之身，让人生变得面目全非。还有人因一念之差而不惜自杀身亡。一旦变成这样，世上的人们就会扼腕叹息道："要是他再多活些时日就会知道的，再长大一点就自然会明白的，但可惜的是……”可在当事人看来，我们早已痛苦不堪，可还是好歹忍耐到了现在。尽管试图拼命从世间听取有益的经验，谁知人们总是不断重复那些不痛不痒的教训，或是仅限于含糊其词地安慰一番，害得我们老是希望落空。虽说我们绝不是及时行乐主义者，但如果有人指着遥远的山峰告诉我们，去到那里就可以看见美丽的风景，我们自然也不会怀疑。此话自有道理，没有半点虚假。但重要的是，此刻我们正闹着剧烈的腹痛，而对于我们的腹痛，他们视而不见，只顾着教育我们道：“唉，就再忍一忍吧，一旦爬上那山顶，就大功告成了。”肯定是有人弄错了吧。月亮大人，都怪你不好。

洗好衣服，打扫完浴室，然后轻轻拉开房间的隔扇，百合的花香顿时扑面而来。我顿时感到心旷神怡，仿佛心底都变得透明了，进入了一种堪称“崇高的虚无”的状态。静静地换上睡衣后，听到原以为已进入梦乡的母亲竟闭着眼开口说话了，把我着实吓了一跳。母亲时不时会干出这种事来惊吓我。

“你说你想要夏天的鞋子，所以呀，我今天去涩谷时顺便看了看。鞋子近来涨价了呢。”

“没事没事。我已经不那么想要了。”

“不过，不买的话，你肯定很闹心吧。”

“嗯。”

明天，也会是同样的日子吧。幸福，是一辈子都不会来临的。这，我知道。但一定要相信，它准会来临，明天就会来临。抱着这种信念，才会睡得安稳。我故意发出扑通的一声，一下子倒在被褥上。啊，真爽啊。因被褥冷冰冰的，让我觉得后背都透着一丝寒气。不久，我就神思恍惚了。幸福晚了一夜才姗姗来迟。我突然懵里懵懂地想到了这句话。幸福，我们等了又等，终于等不及，就离家出走了。不承想，第二天，就有幸福的佳音降临到这个被遗弃的家里。但已经为时晚矣。幸福晚了一夜才姗姗来迟。幸福……

庭院里响起了卡儿的脚步声。“啪嗒、啪嗒、啪嗒”——卡儿的脚步声有着明显的特征。它的右脚稍微短一截，而前脚呈 O 形，也就是所谓的罗圈腿，所以走起路来也透着一种特殊的习性。这样夜深人静的时候，它居然在庭院里踯躅徘徊，到底在干什么呢？卡儿好可怜。今天早晨，我故意捉弄了它一下，明天我一定要好好宠宠它。

我有一个可悲的癖好，如果不用双手严严实实地捂住脸，就睡不着。此刻我捂住脸，一动也不动。

说到沉入梦乡时的心情，真是好奇妙。就像上钩的鲫鱼或者鳗鱼在拼命扯拉着鱼线一般，有一股重如铅矿的力量顺着鱼线在使劲拽拉我的头部，就在我迷迷糊糊地刚要睡去时，它又稍微松了松鱼线。于是，我一个激灵，又恢复了神志。接着，它又开始拽拉了。我又迷迷糊糊地睡了。接着，它又松了松鱼线。这样的事重复了三四次之后，它才加大力量使劲拽了起来，直到早晨为止。

晚安。我是一个没有白马王子眷顾的灰姑娘。可你知道，我在东京的哪个角落吗？是的，我再也不会见到你了。

等待

每天，我都会到省线[1]的这个小站上来等人。等一个并不认识的人。

在市场购完物回家的途中，我必定会顺路折到车站，在站前的冰凉长椅上坐下来，将购物篮放在膝盖上，一脸茫然地注视着检票口。每当来往的列车抵达月台，就会有很多人挤出车门，向检票口蜂拥而去。他们全都一脸愠色地出示着证件，或是递上车

〈1〉 省线：指旧时日本铁道省管理的直营电车线，即国营电车线，后实行民营化，成为今天的JR（日本铁路公司）。

票，然后目不斜视地迈开急匆匆的步履，从我落座的长椅前扬长而过，走到站前的广场上之后，便分头四散而去。我一脸茫然地呆坐着。居然有人笑着，朝我搭讪。哇，好恐怖！啊，这可犯难了。只觉得胸口怦怦直跳。光是这样想想，就恍如被人劈头淋下一盆冷水，顿时毛骨悚然，呼吸困难。但我仍旧在等着谁。我每天都坐在这里，到底是在等谁呢？等一个什么样的人呢？不，说不定我等的根本就不是人。我，讨厌人。不，是害怕人。一旦与人碰头见面，就得敷衍着说出“别来无恙吧”“天气变冷了呢”等有口无心的寒暄，这让我感到，自己是世界上最大的撒谎者，难过得想要一命呜呼。而对方对我也是百般警惕，只是来上几句不痛不痒的寒暄，或是说些矫揉造作的感想。听罢，我不禁为对方的小肚鸡肠和戒备心理感到无限悲哀，更是觉得人世讨厌无比了。难道世上的人们就该相互生硬地寒暄，彼此小心翼翼，最终双方都疲惫不堪，就此来了结一生吗？我害怕见人。所以，除非迫不得已，我是不会主动去朋友家玩的。待在家里，与母亲默默地缝制衣物，是最惬意的时候。但自从一场大战开始，周围的局势越来越剑拔弩张之后，我不禁感到，连自己一个人待在家里发愣，也成了一件不合时宜的事情。我有种莫名的不安感，根本就无法安静下来。只想着拼命工作，哪怕粉身碎骨，也要直接报效人们。是的，我对自己过往的生活产生了怀疑。

尽管觉得，不能老是一声不吭地待在家里，等到出门一看，我却无处可去。在购完物回家的途中，我会顺路拐到车站，一脸茫然地坐在站前冰凉的长椅上。兴许，有人会冷不丁出现在我的面前？——在怀着这种期待的同时，又不免心生恐惧：要是真的出现了，我该如何是好？是的，我别无他法，就索性向他献上我的生命吧？而我的命运也将就此一锤定音——一种近于绝望的决意，还有其他各种荒诞的空想，奇怪地搅和在一起，让我胸口堵得厉害，痛苦得几近窒息。我已分不清自己是活着，还是已经死去，就像是在做着白日梦一般神思恍惚。车站前来来往往的人影，也恍若从放大镜里倒着看一样，变得又小又遥远，以至于整个世界都变得阒寂无声了。啊，我究竟在等什么呢？没准儿我是一个轻佻放荡的女人吧。随着大战的开始而备感不安，想拼命工作来报效人们——这不啻一种冠冕堂皇的口实。说实话，也就是编造一个美丽的借口，来试图伺机实现自己轻佻的空想而已。虽然我就这样一脸茫然地坐在这里，但心中仿佛燃烧着一个荒唐的计划。

我究竟在等谁呢？其实，并没有任何清晰的形状，而毋宁说一片混沌。但我还是在等着。自从开战以来，每天在购完物回家的路上，我必定会顺路折到车站，坐在站前的冰凉长椅上等着。居然有人笑着，向我搭讪。哇，好恐怖！啊，这下可犯难了。是的，我等的对象，并不是你。那么，我究竟在等谁呢？是丈夫？不是。是恋人？也不是。是朋友？才不是呢。是金钱？怎么可能。那么，是亡灵啰？嗷，我讨厌它。

不，它分明是更温和、更明朗、更美丽的东西。总觉得无法描述。比如，是那种像春天般的东西。不，不对。是嫩叶。是五月。是流淌在麦田里的清流。不，还是不对。然而，我却在等着。怦然心跳地等着。人们络绎不绝地从我眼前通过。既不是那个，也不是这个。我紧搂着购物篮，微微颤动着身体，心无旁骛地等待着。请不要忘了我！请不要取笑我，这个每天都去车站等待，最终却徒劳而归的二十岁姑娘！就请记住我吧！至于那个小站的站名，我是故意隐去的。不过，就算不告诉你，你也总有一天会看见我的。

叶樱与魔笛

每到樱花凋零、树枝发出嫩叶的时节，我必定会想起这件事来——那个老妇人开口说道——距今三十五年前，那时父亲还健在呢。说到我们一家吧，因母亲在那七年前，也就是我十三岁时，便驾鹤西去了，所以咱家就成了由父亲、我和妹妹所组成的三人家庭。父亲在我十八岁、妹妹十六岁的时候，被调到岛根县一座人口两万多的海滨小城担任中学校长，因一时半会儿租不到适合的房子，就只好在郊区靠山的地方，从离群索居的寺庙借来其中一栋独立的屋子，一共有两间，一直住到第六年父亲调任松江的中学为止。而我结婚则是在搬到松江以后，也就是我二十四岁那年的秋天。说来，在当时已经算是相当晚婚的了。母亲去世得早，父亲又属于顽固不化的学者秉性，对世俗之事一窍不通，所以我知道，一旦我不在，家里的运转立马就会乱套。尽管此前也有不少人前来提亲说媒，但我就是舍不得抛下这个家，嫁到别处去。别的姑且不说，只要妹妹身体健康的话，我也可以稍微放宽心吧，但可惜的是，尽管妹妹不像我，长得很美，有一头飘逸的长发，是个能干而可爱的孩子，可身子骨非常虚弱。在我二十岁时，也就是跟随父亲迁往岛根那座海滨小城的第二年春天，十八岁的妹妹就去世了。而我现在要讲的事，就发生在那时候。妹妹的身体似乎早就扛不住了，她患上了一种名叫肾结核的重病。等到发现时，据说结核病菌已经侵蚀到她两边的肾脏。医生明确告诉父亲，妹妹活不过一百天，似乎对她的病已经束手无策。过了一个月、两个月，即便一百天的时限迫在眉睫，我们也只能一声不吭地看在眼里。妹妹对自己的病情一无所知，反倒精神不错，虽然整天卧病在床，但还是快活地又是唱歌，又是说笑，还不时向我撒娇。一想到再过三四十天，她就必死无疑，我顿时胸口发堵，周身就像是被针扎一般痛苦。是的，我已接近发疯的边缘。三月、四月、五月，都是如此。不过，五月中旬的那一天，我怎么也不会忘记。

那时，原野和山冈全都一片新绿，天气暖和得让人想光着身子。新绿明晃晃的，把我的眼睛蜇得钻心地疼痛。我把一只手悄悄揣在腰带里，一边胡思乱想着，垂头丧气地行走在野外的小道上。可脑子里满是痛苦的思绪，差一点就要窒息。我痛苦地扭曲着身体，踯躅在山路上。咚，咚，咚——就像是由十万亿泥土发出的声响，正从春天的泥土底层不断传来，它是那么幽微，却又尽显浩渺，就仿佛是在地狱深处敲击大鼓所发出的可怕声音。至于那可怕的声音究竟是什么，我却懵然不知，不禁怀疑自己是否已经精神失常。我身体僵直地呆立着，仿佛已被冻结了一般。突然，我哇地大叫一声，再也站立不住了，一屁股瘫坐在草原上，尽情地大哭起来。

事后我才知道，那奇怪的可怕声音，乃日本海大海战〈1〉中由军舰发射的大炮声。那天，恰逢海战的紧要关头，在东乡提督〈2〉的一声号令下，为一举击沉俄国波罗的海舰队而展开了激烈的海战。没错，正好就是那个时候。说来，今年的海军纪念日〈3〉，不久也要来临了。当时，那大炮声轰隆隆地传到那座海滨小城，想

〈1〉 日本海大海战：指日俄战争中从 1905 年 5 月 27 日至 28 日，在日本海军联合舰队与俄国海军第 2、3 太平洋舰队之间所展开的海战。其结果是，日本联合舰队取得了海战史上罕见的胜利。

〈2〉 东乡提督：即东乡平八郎（1848—1934），日本海军提督。在日俄战争中作为联合舰队司令官，因成功指挥了日本海大海战而被当时的日本人视为英雄。

〈3〉 海军纪念日：为纪念日本海大海战的胜利，日本于 1906 年确定 5 月 27 日为海军纪念日，但在 1945 年日本战败后被废止。

必把城里的居民们都吓了个半死吧，可我对此一无所知，因为满脑子都只想着妹妹，已接近半疯的状态，只觉得那是来自地狱的不祥鼓声，所以只顾埋着头，在草原上久久地哭泣。当日头西沉时，我终于站起身来，就像死掉了一样，神思惝恍地回到寺庙里。

“姐姐！”是妹妹在叫我。这时的妹妹早已瘦骨嶙峋，极度衰弱，周身无力。她似乎也隐约猜到自己时日不多，不再像以前那样向我提一些无理的要求，或是跟我撒娇了，而这反倒让我更加难受。

“姐姐，这封信，是什么时候送来的？”被她一问，我惊讶得胸口一震。我清楚地意识到，自己的脸色已一片煞白。

“什么时候送来的？”妹妹似乎是随口在问。

我重打起精神，回答道：“就是刚才，在你睡着的时候。瞧你，睡觉时还笑呢。我就悄悄放在了你的枕头边。你没发现吗？”

“嗯，我没发现。”在夕暮迫近的昏暗房间里，妹妹露出了苍白而美丽的笑容，“姐姐，我读过这封信了。好奇怪呀，是个我不认识的人呢。”

怎么可能不认识呢？我知道这个写信人，一个名叫 M · T 的男人。是的，我的确知道他。不，尽管没见过面，但五六天前，在我悄悄整理妹妹的橱柜时发现，一束信件被用绿色缎带捆扎着，藏在抽屉的底层。尽管我知道这样做不对，但还是忍不住揭开缎带，偷看了那些信。大约有三十封，全都是那个 M · T 寄来的。

不过，信封上却没有写M·T的名字，而是在信里写着。信封上的寄信人，写的则是各种各样的女人的名字，且全都是真实存在的妹妹朋友的名字，所以我和父亲做梦都没有想到，她与男人之间会有这么多书信往来。

想来，那个叫M·T的人肯定是挖空心思，从妹妹那里探听到她朋友的名字后，再接连冒用那些人的名字寄来了这些信吧。我认定就是这样，不禁为年轻人的大胆而暗自咋舌，担心万一被严厉的父亲知道了，会招致多么可怕的结局，从而害怕得周身哆嗦。但按照日期一封封读下来，就连我也变得开心起来，有种心荡神驰的感觉，不时为其表现出的过分天真而哧哧窃笑。到最后就连我也不禁觉得，自己面前正在打开一个广阔而宏大的世界。

当时，我也才刚满二十岁，当然也有着作为年轻女性所难以启齿的种种苦恼。那三十多封信件，让我有种细雨润物的感觉，忍不住一口气读下去。当我读到去年秋天的最后一封信时，不由自主地站起身来。或许，被雷电劈打的感觉也不过如此吧。我惊讶得差点儿仰面倒在地上。原来妹妹和那个人的恋爱并不只限于心灵的交流，毋宁说正往更加丑陋的方向发展。我烧掉了所有的信件，一封也没剩下。M·T貌似是一个住在城里的歌人〈1〉。他的

〈1〉 歌人：从事和歌写作的人。

卑劣就在于，在知道妹妹的病情之后，竟然抛弃了妹妹，还在信里恬不知耻地写着“让我们相互忘记吧”等残酷无情的话语。从那以后，貌似再也没有写过一封信来。所以，只要我守住这个秘密，一辈子不告诉别人，那么妹妹就能保持住纯洁的少女形象而去往另一个世界。是的，没有人知道。我决定把痛苦埋在心底，但与此同时，在了解事实的真相后，又更是可怜起妹妹来，以至于各种奇怪的念头也浮上心头，感到胸口发痛，五味杂陈。那是一种讨厌的痛苦。那种痛苦，如果不是年纪相仿的妙龄少女，是不可能感同身受的。那简直就是人间地狱。我就像是亲身遭遇了那种痛楚一样，兀自苦恼着。那时候，我真的变得好奇怪。

“姐姐，你读给我听听看。这到底是怎么回事，我一点也不明白。”

我打心眼里憎恶妹妹的虚伪。

“我可以读吗？”小声询问后，我从妹妹那里接过信件。不料我的指尖却令人不解地哆嗦着。不用展开信看，我也知道信中的内容。但我不得不装着什么也不知道的样子把它读出来。我没有仔细看，便提高嗓门读了起来。信中这样写道：

今天，我要向你道歉。事到今天，我都忍着没给你写信，全都怪我缺乏自信。我既贫穷，又无能，什么都不能为你做。我只能用语言——那些语言绝没有半点虚假——来证明对你的爱。我对自己的软弱无能已经厌倦了。我不曾有一天忘记过你，甚至在梦中。但我什么都不能为你做。这已演变成一种痛苦，所以我要和你分手。你的不幸越大，我的爱情就越深，而我就越是难以靠近你。你能明白吗？我绝不是在敷衍塞责。我曾把它视为自己的正义感和责任心使然。但我错了。我显然错了。我要向你道歉。一直以来，我只是憋足了劲儿，太想在你面前扮演一个完美之人了。如今我相信，既然我们是如此寂寞和软弱，既然我们别无所能，那么至少可以发自肺腑地把语言馈赠给对方，而这恰恰是一种诚恳、谦逊、美好的生存方式。我认为，应该尽自己所能来努力实现这一目标。无论从多么微小的事情做起都行。哪怕是赠送给对方一朵蒲公英花，只要做到不以为耻、真诚坦然，我相信，这就是最有勇气的男子汉的态度。我再也不逃避了。我深爱着你。我要每天每天都写歌送给你。此外，我还要每天每天都在你们家的院墙外，吹笛子给你听。明天晚上六点，我就立马行动，用口哨给你吹《军舰进行曲》。我的口哨吹得可动听了！如今，唯有它是我用一己之力可以轻易做到的事情。你可千万别取笑我！不，尽管取笑我好啦！你一定要好好活着。神肯定在某个地方守护着你。对此，我深信不疑。你和我，都是神的宠儿。肯定能结成美好的姻缘。

等待复等待，今春桃花方始开。

乍闻桃花白，谁知花瓣早染红。

我正在努力。一切都进展顺利。那么，明天见吧。

M · T

“姐姐，其实我知道，”妹妹用清澄的声音嗫嚅道，“谢谢你，姐姐。这都是姐姐写的，对吧？”

因过于难堪，我恨不得把那封信撕成碎片，使劲猛扯自己的头发。所谓坐立不安，就是指的这种心情吧。是的，是我写的。我不忍目睹妹妹的痛苦，决定从今以后，直到妹妹离开，每天都模仿 M · T 的笔迹来给她写信，并煞费苦心地拼凑蹩脚的和歌，然后晚上六点，悄悄溜到院墙外去吹响口哨。

太丢脸了！甚至还拼凑了蹩脚的和歌，实在是太难为情了。我绝望得大脑一片空白，没能马上回答妹妹。

“姐姐，你不用担心我的。”妹妹出奇的平静，脸上浮现出美丽得近于崇高的微笑，“姐姐，那些用绿丝带扎起来的信，你都看了吧？那些信，都是骗人的。那是我因为太过寂寞，从前年秋天自个儿写成后，投递给自己的。姐姐，你可千万别瞧不起我！青春，是多么宝贵的东西啊。打生病以后，我终于慢慢想明白了。自个儿给自己写信，实在是龌龊、可耻、愚蠢！要是我真的能与某个男人大胆地恋爱，那就好啦。我好希望他能紧紧搂住我的身体。姐姐，迄今为止，别说跟男人恋爱了，我甚至不曾跟外面的男人搭过讪。姐姐不也一样吗？姐姐，我们都错了，都太过乖巧听话了。啊，我讨厌死。我的手、我的指尖，还有头发，都太可怜了。我讨厌死，讨厌。”

不知是悲伤还是恐惧，抑或是高兴或者害羞，反正我的内心五味杂陈、百感交集。我把自己的脸紧贴在妹妹清癯的脸颊上，静静地抱住了妹妹，而眼泪早已夺眶而出。啊，就在这时，竟然传来了口哨声。它低沉而幽远，但确实就是那首《军舰进行曲》。妹妹也侧耳倾听着。啊，一看时钟，也恰好是六点。因某种难以言喻的恐惧，我们俩紧紧地、紧紧地相拥在一起，一动也不动，只是凝神谛听着从庭院的叶樱深处传来的那首神奇的进行曲。

是的，神是存在的，肯定是存在的。我对此深信不疑。那以后的第三天，妹妹就去世了。医生歪着头，一脸困惑的表情。或许是因为妹妹停止呼吸过于平静、过于迅速吧。但当时我并不觉得惊讶。我相信，一切皆是神的旨意。

如今——我上了年纪，各种物欲也多了起来，真是羞愧难当。或许信仰什么的也逐渐淡薄了吧，以至于我总是莫名地怀疑，那当年的口哨说不定是父亲的“杰作”吧？或许，严厉的父亲是上完班回到家，在隔壁房间里偷听到我们姐妹俩的对话，顿时心生爱怜，从而制造了他这一生一世最大的骗局吧。尽管我也这样想过，但又觉得怎么可能有这种事呢？如果父亲还在世的话，也许倒还能够问个究竟，可父亲过世算来也快十五年了。不，不对，那肯定是神的恩宠吧。

我宁肯相信如此，好让自己安心，但随着上了年纪，物欲徒增，信仰也变得越来越淡薄了。我觉得，真是没救了。

千代女

女人，到底还是不中用。而在女人当中，我这个女人，就更是不中用吧。我痛切地感受到自己的不中用。不过，话虽这么说，但在内心的一隅还是觉得，自己身上总该有某种长处吧。这种顽迷的念头就像一坨黑黢黢的东西，根深蒂固地盘踞在心底，让我越发搞不懂自己了。此刻我感觉到，自己的脑袋就像是被扣上了一顶生锈的铁锅，沉甸甸的，难以忍受。我肯定很笨。对，真的很笨。要知道，我明年就满十九了。

十二岁那年，柏木舅舅把我的作文投稿到《青鸟》杂志，结果得了一等奖，被那些了不起的评委老师们猛夸了一番。但从那以后，我却变得一蹶不振。想来，那时候的作文，也真够丢人的。那样的东西真的好吗？到底哪儿好呢？作文的题目就叫《跑腿》，所以我就写了自己给父亲跑腿去买金蝙蝠牌香烟时的小事。香烟铺的大婶递给我五盒金蝙蝠香烟时，因为全是绿盒的，觉得很单调，就还给她，换了一盒红色的，结果钱不够，把我都愁死了。大婶笑着对我说，就下次再给吧，顿时让我眉开眼笑。我把那个红盒子叠在其他绿盒子上，摊在掌心里一看，就恍若报春花一般美丽。我的心怦怦直跳，连路都走不利索了。说来，我就写了诸如此类的事情，总觉得充满了孩子气，太过天真和随性，所以现在想来还不禁惴惴不安。那以后，又在柏木舅舅的劝说下，给杂志投了篇题为《春日町》的作文。结果，这次不是在投稿栏，而是在杂志的第一页，被用大号铅字刊登了出来。那篇题为《春日町》的作文，写的是住在池袋的舅妈告诉我，她搬到了练马的春日町，那里有个很大的院子，邀请我一定去玩，于是我在六月的第一个星期天，从驹込站搭乘省线，在池袋站换乘东上线，坐到练马站下了车。可放眼望去，到处是绵延无尽的田野，根本摸不着头脑，春日町在哪里。这下只好去问农田里的人，结果回答说不知道那地方。我都急得想哭了。那是一个炎热天。最后，我看见了一个四十岁上下的男人，他正拽着装满空汽水瓶的拖车往前走。我去向他问路，他露出了有些凄凉的笑容，停下脚步，用脏成灰色的毛巾揩拭着脸上流淌不止的汗水，嘴上接连念叨着"春日町、春日町”，拼了老命地回想着。然后，他告诉我，春日町可远着呢，要从这里的练马站搭乘东上线去池袋，在那里换乘省线，坐到新宿后，再换乘前往东京站的省线，最后坐到水道桥下车。他用蹩脚的日语拼命向我说明这一遥远的路程，但他显然说的是前往本乡春日町的路线。一听他的口音，我就马上明白了他是一位朝鲜人。正因为如此，这更是让我感激涕零。日本人明明知道，却嫌麻烦，推说不知道，这位朝鲜人尽管不知道，却汗流浃背地要把他能想到的拼命告诉我。我说，叔叔，谢谢您。然后，按照这位叔叔告诉我的那样，去到练马站，坐上了东上线。不过，我是回家了。说真的，当时我真想一直坐到本乡的春日町去瞧瞧。回到家之后，总觉得一言难尽，有些莫名地悲伤。我把这件事一五一十地写了出来。于是，它被印刷成偌大的铅字，刊登在杂志的首页上，成了一件了不得的大事。我家位于泷野川的中里町。父亲是东京人，母亲却出生在伊势。父亲在私立大学当英语教师。我既没有哥哥，也没有姐姐，只有一个身体羸弱的弟弟。弟弟今年进了市立中学。虽然我并不讨厌这个家庭，可就是觉得寂寞得不得了。以前倒是很好，真的很好。我可以在父母面前尽情地撒娇，随意地逗乐，让整个家庭充满了笑声。我对弟弟也是百般疼爱，称得上一个好姐姐。可自从那个《青鸟》杂志刊登了我的作文，我就陡然变成了一个有些神经质的讨厌孩子，甚至还开始和母亲拌上嘴了。《春日町》刊登在杂志上时，岩见老师身为评选人，在同期杂志上发表了一篇比我的作文还要长上两三倍的评论。读了他的文章后，我觉得心里空荡荡的。我想，老师是被我给骗了。我觉得，岩见老师是一个比我心灵更美，也更单纯的人。之后在学校里上作文课时，泽田老师把那本杂志带到教室里来，将我的《春日町》全文抄写在黑板上，一脸兴奋的表情，用恍如是在斥责人的激昂嗓音猛夸了我一个小时。我都快要窒息了，眼前一阵发黑，仿佛自己的身体正化作一块石头，感觉很是恐怖。我知道，虽然老师这样夸奖我，但我根本就不配。心里只是担心着，要是以后写出糟糕的作文，遭到大家的嗤笑，该是一件多么丢人和难受的事情啊。我甚至不觉得自己还活着。就说泽田老师吧，也并不是真心佩服我的作文，毋宁说是因为我的作文被用大大的铅字印刷在杂志上，还受到了大名鼎鼎的岩见老师的赞扬，所以才表现得那么兴奋的吧。尽管我还是个孩子，但还是大致察觉到了这一点。所以，才更是觉得凄凉落寞，不堪忍受。那以后，我的担心果然全都化作了事实，且无一不是痛苦而丢人的事。学校的伙伴们突然跟我疏远起来，就连以前关系最铁的安藤也用嘲讽的语气，不怀好意地把我叫作一叶〈1〉或是紫式部〈2〉，并最终从我身边逃走，而混迹到此前深恶痛绝的奈良和今井的小圈子里，时而远

〈1〉 一叶：指日本明治时代的女作家樋口一叶（1872—1896），代表作有《青梅竹马》等。

〈2〉 紫式部（约793—？）：日本平安时代女作家，著有《源氏物语》等。

远地瞅着我这边，嘴上嘟嘟哝哝议论着什么，然后一齐发出“哇”的声音，用卑劣的方式朝我起哄。我决定，一辈子也不再写作文了。万万不该在柏木舅舅的唆使下，稀里糊涂地投了稿。柏木舅舅是母亲的弟弟，任职于淀桥的区公所，今年三十四五的样子，去年还刚生了个小宝宝，但自以为还是小年轻，时常因饮酒过度而干出蠢事。貌似每次来我们家，他都会从母亲那里讨些钱走。听母亲说，刚进大学时，他也想为当个小说家而着实努力过，并颇受前辈们的期待，可惜遇人不淑，结交了一帮损友，从此一蹶不振，搞得大学也辍学了。不管是日本的小说，还是外国的小说，他都貌似读得不少。七年前，硬是要我把蹩脚的作文拿去向《青鸟》杂志投稿的人，就是这个舅舅；此后七年间，动不动就寻机来折磨我的人，也是这个舅舅。是的，我讨厌小说。尽管现在情况有变，但当时我那幼稚的作文被连续两次刊登在杂志上，害得我遭到伙伴们的恶意捉弄，还受到班主任的特殊对待，那感觉非常痛苦，真的讨厌死作文了。打那以后，不管柏木舅舅怎样花言巧语地来怂恿我，我都再也不想去投稿什么的了。实在被他纠缠得厉害时，我就号啕大哭。在学校的作文课上，我也是一个字也不写，只是在作文簿上画着圆圈呀三角形，或者女孩子的脸什么的。泽田老师把我叫到教员室，训斥了我一番，让我千万别骄傲，要学会自重，等等。我感到很不服气。不过，没多久就从小学毕业了，总算是从那种痛苦中逃离了出来。自从我上了御茶水女校，关于我那篇无聊作文曾获奖的事，班里没有一个人知道，这倒让我如释重负。上作文课时，我也能放松心态地写作了，还得了很普通的分数。可唯独柏木舅舅还是一直唠唠叨叨地打趣我。每当他到我家来时，都会带来三四本小说，连声催着我"读呀，读呀"。可就算试着读了读，也因过于艰深，搞得我云里雾里的，所以就假装读过的样子，再还给舅舅。当我升入女校三年级时，突然有一天，担任《青鸟》杂志评选人的岩见老师给父亲寄来了一封很长的信，说我有难得的才华什么的——尽管其中的措辞让我受之有愧，很难说出口来——反正就是猛夸了我一顿，还用非常客气的话一本正经地劝我父亲道，我就这样被埋没了太过可惜，不如让我再写写看，而关于杂志发表的事，他会从中关照的。父亲一声不响地把那封信交给了我。读了那封信之后，我觉得岩见老师真的是个严肃而又出色的老师，但从那封信的字里行间也不难看出，这是舅舅在背后多管闲事的结果。舅舅肯定是要了点小伎俩去接近岩见老师，想法让岩见老师给家父写了这样一封信。这不会有错。"是舅舅拜托岩见老师写的呢。肯定是这样的。舅舅干吗要做这种可怕的事情呢？"我真的好想哭，抬头望着父亲。父亲貌似也看透了事情的原委，轻轻点着头，不快地说道："柏木弟也不是出于什么恶意吧，不过，该如何给岩见老师回信，这倒是犯难了。"父亲貌似以前就不太喜欢柏木舅舅，在我作文得奖的时候，尽管舅舅和母亲高兴得不得了，父亲却说不能让我做这种过于刺激的事情，据说还斥责了舅舅一番。这是母亲事后带着不满的表情告诉我的。母亲虽然经常数落舅舅的不是，但只要父亲说一句舅舅的坏话，她也会勃然大怒。母亲是一个温柔开朗的好人，可一说到舅舅的事，就常常和父亲发生口角。舅舅堪称我们家的恶魔。收到岩见老师那封客套信的两三天后，父亲和母亲终于爆发了激烈的争执。吃晚饭时，父亲说道："既然岩见先生说得诚意十足，我们也不能失礼呀。我想，得带上和子去见他，跟他解释解释和子的想法，并道个歉。如果光是写信，有时也容易引起误解，给对方带来不快。真要那样的话，可就糟糕了。"母亲低着头，想了想说："都怪舍弟多事，真是给大家添乱了。"说着，她抬起头，用右手的小指头挠了挠垂落的鬓发，继续说道，"或许是因为我们糊涂吧，心想，既然和子有幸得到那种名师的夸奖，也就信以为真了，动了今后也想拜托老师关照关照的念头。总觉得，如果是可塑之才，那就不妨助她一臂之力吧。而你呢，却老是在责备，是不是也太顽固了？"母亲语速很快，还露出了淡淡的笑容。父亲放下筷子，用像是教训人的口吻说道："就算助她一臂之力，也是无济于事的。说到女人的文学天赋，也就那么回事吧。因一时新鲜而瞎起哄，那只会断送她的一生。和子本人也很害怕这样。女孩子嘛，平凡地长大、嫁人，做一个贤妻良母，这就是最好的活法了。你们呢，只是想利用和子，来满足自己的虚荣心和功名心而已。"母亲根本不想听父亲说的，伸手把我旁边的陶锅咚地端了下去，随即发出“好烫，好烫”的叫声，一面把右大拇指和食指凑近嘴巴吹气，一面把头扭向一边，说道：“哇，好烫啊。手都给烫着了。不过，舍弟也不是出于什么恶意呗。”这时，父亲撂下碗筷，大声说道：“要说多少遍，你才明白？你们就是想把和子当作牺牲品！”父亲用左手轻轻摁住眼镜，正要继续说什么的时候，母亲突然呜呜咽咽地哭了起来。她一边用围裙揩拭着眼泪，一边直言不讳地把话题扯到了父亲的薪水上，还有我们买衣服的费用等各种钱上的事情。父亲努了努下巴，示意我和弟弟回避一下。于是，我催着弟弟，一起移动到了读书间，但此后一小时，都能听到客厅里的争吵声。平常母亲是一个开朗、爽快的人，可一旦亢奋起来，就会净说些极端而粗暴的话，让人不忍卒听。我一下子变得好悲凉。第二天，父亲在上完课回家的路上，貌似去拜访了岩见老师，当面表达了谢意和歉意。那天早晨，父亲也劝我一起去，但不知为什么，我竟害怕得下唇直打哆嗦，打不起精神去拜会岩见老师。那天晚上，父亲是七点左右回来的。他对母亲说，岩见先生虽然年纪很轻，却是个很出色的人。他也充分理解我们的心情，反倒向父亲道歉，说就其真心而言，他也不是很建议女孩子从事文学，只是在柏木舅舅——尽管没有指名道姓——的再三央求下，出于无奈而给父亲写了那封信而已。我会心地掐了一下父亲的手，结果，他眯缝起眼睛，透过眼镜，也朝我投来了会意的微笑。母亲就像是已经忘记了一切，显得心平气和，对于父亲说的每句话都一一点头，表示首肯，什么也没有说。

那以后好一阵子，都没怎么看到舅舅的身影。他即使来了，也一反常态，对我相当冷淡，很快就打道回府了。我把作文的事也忘得一干二净，一放学回家，就开始拾掇花坛，跑腿买东西，在厨房帮忙，给弟弟当家庭教师，做针线活，温习功课，给母亲按摩，等等，忙着帮大家做这做那，过着充实的日子。

但，暴风雨终于还是降临了。是在我上女校四年级的时候。正月的某一天，小学时的泽田老师突然来我家拜年。不知是出于惊讶，还是出于怀旧，父母高兴万分，盛情款待了他。据泽田老师说，他早就辞掉了小学的教职，如今到处当家庭教师，过着优哉游哉的生活。不过，尽管这样说有些失礼，凭我的感觉，他看起来并不悠闲，虽然和柏木舅舅年纪相当，却俨然一副年过四十，不，甚至年近五旬的感觉，尽管其长相原本就有些显老，但这才四五年不见，就给人已经老了二十岁的感觉，一脸疲惫不堪的表情，笑起来也有气无力。因为想强装笑容，所以脸颊上挤满了痛苦而僵硬的皱纹，与其说让人可怜，不如说让人生厌。发型倒是依旧如故，剪着很短的平头，但白发明显增加了。与从前不同，他拼命地给我戴高帽子，搞得我无所适从，难受极了。他夸我长得漂亮，性格贤淑，全是些明摆着的奉承话，听得我坐立不安。他一副毕恭毕敬的样子，就仿佛我是老师的长辈或者什么似的。他向我父母说起我小学时代的事情，絮絮叨叨得令人生厌，甚至提到了我好不容易才忘记的作文一事，夸我有难得的天赋，还说："当时，我对儿童的作文不太关注，也不知道借助作文来发展童心的教育方法，但如今可不一样了。关于儿童作文，我进行了充分的研究，对这种教育方法也很有自信。怎么样？和子，不想在我新方法的指导下，重新学习文章写作吗？我保证能行的。"他带着七八分的醉态，无所顾忌地夸着海口。最后还死皮赖脸地说："来，和我握个手吧！"父母表面上笑着，但内心颇感困惑。事实上，泽田老师那天的酒后之言，绝不是随口胡诌的玩笑。其后过了十天左右，泽田老师又煞有介事地登门造访，对我说："那么，我们就循序渐进地开始作文的基本训练吧！"听他这么一说，我顿时不知所措。事后才知道，泽田老师在小学是因学生考试出了纰漏，而被迫辞职的。此后生活过得很不如意，只好到处造访昔日弟子的家，厚着脸皮让学生家长请他当家庭教师，从而维持生计。他正月来过后，貌似立马就悄悄给家母寄来了一封信，除了猛夸我的写作才能，还以当时流行的作文趋势，以及天才少女的出现等为例子来怂恿母亲。而母亲一直对我的作文心存期许，所以就回信说，请他每周来做一次家教，而对父亲则号称说，这是为了多少有助于解决泽田老师生活上的燃眉之急。念及泽田先生曾是我往日的老师，所以父亲貌似也不便表示反对，结果就勉强同意了。于是，泽田老师每周星期六都会来，在我书房里嘟嘟哝哝地净说些无聊的话，我真是厌恶死了。"所谓文章，首先必须正确地使用助词。”他就把诸如此类理所当然的事情，当作头等诀窍不断重复着，“太郎玩院子，这当然不对。太郎往院子玩，也同样不对。必须得说，太郎在院子玩。”一旦我忍不住偷笑，他就会露出怨恨的眼神，直溜溜地盯着我看，就仿佛要在我脸上掘出一个窟窿，随即“啊”地发出一声长叹，一本正经地教育我道：“你还不够诚实。无论具备多大的才能，人若是不诚实，那么任何事情都不能成功。你知道寺田正子〈1〉这个天才少女吧？尽管她出身贫寒，身世可怜，想读书也一本都买不起，但她非常诚实，并恪守老师的教诲。所以，她才完成了那样的名作。而对于教她的老师来说，这是一件多么有价值的事情啊。如果你能再诚实一些，那么我也会把你培养成寺田正子那样的人。不，不光如此，你有很好的环境，我一定能把你打造成更了不起的作家。我自认为，在某一点上已超越了寺田正子的老师。那就是德育这一点。你知道卢梭这个人吗？就是让·雅克·卢梭〈2〉。西历一千六百年，不，是西历一千七百年，也不，是西历一千九百年。你笑吧。你就笑个够吧。你就是仗着自己的才华，在轻蔑老师呢。对了，过去中国有个名叫颜回

〈1〉 寺田正子：疑指丰田正子（1922—2010），日本随笔家。当时的天才少女，其人其事曾被拍摄成电影《作文教室》，由高峰秀子主演。

〈2〉 让·雅克·卢梭：即卢梭（1712—1778），法国18世纪启蒙思想家、哲学家、教育家、文学家，民主政论家和浪漫主义文学流派的开创者，启蒙运动代表人物之一。主要著作有《爱弥儿》《忏悔录》等。

的人物。”他就这样东拉西扯地说着，等过了一小时左右，他便若无其事地说“这个就下次再讲吧”，然后走出我的书房，到饭厅里与家母闲聊一阵后，就起身回去了。尽管对小学时曾多少关照过自己的老师说三道四，实在是很不地道，但我真的只能认为，泽田老师已经老糊涂了。“写文章，重要的是描写。如果描写不过关，人家就不知道你在写什么。”他一边看着小小的笔记本，一边说着这些不言而喻的道理。“比如，形容眼前这场雪的时候，”他把笔记本揣进胸前的口袋里，说道，“当你看见窗外的细雪漫天飞舞时，你不能说，雪在哗啦哗啦地下着。因为这样写，雪的感觉就出不来。说雪扑腾扑腾地下着，这也不成。那么，就说雪纷纷扬扬地下着，如何呢？还不够。雪扑簌簌地下着，这算是接近了。渐渐接近雪的感觉了。这可是很有趣的。”他独自点着头，一副感慨万分的表情，抄着手继续说道，“淅淅沥沥，如何？不对，这样一来，就成了对春雨的形容了。还是扑簌簌最贴切吧。是的，扑簌簌和纷纷扬扬连用，也不失为一计。雪扑簌簌地下着，纷纷扬扬。”他低声呢喃着，一边眯缝着双眼，恍如在玩味着这种描写似的。突然，他大叫一声“不”，说道：“这还不够。嗷，还是该说，大雪像鹅毛般飞舞和飘落？到底还是古人的文章更靠谱。鹅毛这说法，真是妙哉。和子，你懂了吗？”这时，他才转向我说道。不知是因为觉得老师可怜还是可恨，我差一点就哭了。尽管如此，对这种无聊的扯淡教育我还是强忍了三个月。到最后，就连看到泽田老师的脸都让我烦透了，我终于一五一十地告诉了父亲，央求他回绝泽田老师。父亲听完我的话，说："这倒是很意外呢。" 尽管父亲原本是反对请家教的，只因抵不住 "有助于解决泽田老师生活上的燃眉之急" 这一名目，才表示同意的，绝没料到他的作文课竟然如此不负责任，还以为每周一次的家教多少有助于我的学业，于是马上和母亲发生了激烈的口角。我在书房里听着他们在饭厅的口角，一个劲儿地哭着。父母因为自己吵成这样，让我不禁觉得，没有比自己更不孝顺的坏女儿了。我甚至想，与其这样，还不如专心钻研作文和小说，来讨母亲欢心。不过，我真是不中用。我已经什么也写不出来了。是的，打一开始我就没有什么所谓的写作天赋。就说对下雪的描写吧，泽田老师也肯定比我高明吧。明明自己什么都不会，却还要嘲笑泽田老师什么的，是一个多么愚蠢的女孩呀。"雪花扑簌簌地下着，纷纷扬扬" ——就连这样的描写，我也压根儿想不出来。听着饭厅里的争吵声，我越来越痛切地感到，自己是一个糟糕的女孩。

母亲最终没有争过父亲，从那以后，泽田老师就再也没有出现了，但糟糕的事接踵而至。在东京的深川，一个名叫金泽富美子〈1〉的十八岁少女因写得一手漂亮文章，而在社会上名声大噪。

〈1〉 金泽富美子：疑指野泽富美子（1921—2017），日本女作家。因 19 岁时出版了小说《烧砖女工》而名噪一时，被誉为天才少女作家。

她的书比任何大作家的书都更加畅销，一跃而成了大富翁。柏木舅舅就俨然自己成了大富翁一般，春风得意地来到我们家，给家母说了这件事。母亲听了也一阵亢奋，一边拾掇着厨房，一边兴致勃勃地说："我家和子要写也是能写的呀，明明有写作天赋，干吗就不写呢？如今已不同于过去，不能因为是女人，就整天蜷缩在家里。要不，就跟着柏木舅舅学习学习，动笔写写看，怎么样？柏木舅舅跟泽田老师可不一样，到底是上过大学的人，无论怎么说，都是很靠谱的。再说，如果能赚那么多钱，父亲也会睁一只眼闭一只眼吧。"从那以后，柏木舅舅几乎每天都往我家跑，硬是把我拽进书房，命令我道："就先写日记吧！能把自己的所见所闻原封不动地写出来，就足以成为出色的文学。"然后，又给我讲一大通艰深的理论，但我压根儿不想写，所以就权当作耳旁风了。母亲属于容易兴奋，也容易清醒的那种人，所以当时的亢奋也只延续了一个月左右，就消失殆尽了。唯独柏木舅舅非但没有清醒，反而一脸严肃地宣称："这次我终于下定了决心，要把和子真正培养成小说家。总而言之，和子是一个除了成为小说家，找不到其他生存方式的女孩。"当父亲不在家时，他还会大声地对母亲和我说："脑袋如此聪明的好女孩，怎么可能平平凡凡地嫁人呢？只有放弃一切，心无旁骛地走艺术之路。"被他说到那个份上，就连母亲也自然不会觉得舒心吧，有些凄切地笑着，说道："是吗？如果是那样，和子不是很可怜吗？"

舅舅的话，算是不幸而言中了吧。第二年，我就从女校毕业了，如今，我对舅舅那恶魔般的预言一方面憎恨得要死，一方面又在内心深处暗自想，或许真的是如此。是的，我是个不中用的女人。肯定是脑子有毛病。我越来越搞不懂自己了。从女校毕业后，我突然就像变了个人。每天每天，我都感到百无聊赖。帮做家务、修理花坛、练习古琴、照顾弟弟，在我眼里，这一切的一切都是那么愚蠢。我背着父亲和母亲，整天悄悄沉溺于那些肤浅小说的阅读中。小说这东西，为什么净是这样描写人们隐秘的丑事呢？我成了一个陷入淫乱空想中的放荡女人。如今，我也希望像舅舅曾经指点我的那样，把我的所见所感如实记录下来，以向神灵谢罪，但我没有那样的勇气。不，是缺乏那样的才能。就像头上顶着一口生锈的铁锅似的，有种不堪重负的感觉。我什么都写不了！最近我也想试着写写看。前几天我想悄悄练练笔，就以“睡眠箱”为题，把某个夜里发生的无聊小事写在了记事本上，拿给舅舅看。不承想，舅舅还没有读到一半，就撂下记事本，一脸清醒而严肃的表情，说道：“和子，你就别再做女作家的梦了吧。”然后，舅舅一边苦笑着，一边带着忠告的口吻对我说：“文学这东西，如果没有特殊的天赋，是成功不了的。”如今，反倒是父亲轻松地笑着说：“如果喜欢，那就不妨写着试试看吧。”母亲不时在外面听到金泽富美子以及其他女孩一举成名的传闻，一脸兴奋地告诉我：“和子如果肯写的话，是能够写的，可就是缺乏恒心。所以，这怎么行呢？过去加贺的千代女[1]最初拜师学作俳句时，师傅让她以‘子规’为题写一首俳句。她马上写了好多首拿给师傅看，都没得到师傅的认可。于是，千代女冥思苦想，一宿也没睡，等她回过神来时，发现天都已经亮了。于是，她无意中随手写道：‘子规子规声声啼，不觉已是黎明时。’师傅看了这首俳句后，终于拍手称赞道：‘千代女，此句妙哉也！’所以说呀，任何事情都是需要恒心的。”说到这里，母亲啜了一口茶，压低声音嗫嚅道，“子规子规声声啼，不觉已是黎明时。是的，果然妙哉也。”她独自在那儿反复回味和赞叹着。母亲，我可不是千代女。只是一个什么也写不出来的低能的文学少女。一坐进被炉里阅读杂志，我就会昏昏欲睡，所以我觉得，被炉就是人的睡眠箱。我写了篇这样的小说拿给舅舅看，结果舅舅只读到一半就撂下了。事后，我

〈1〉 千代女（1703—1775）：日本江户时代中期的女俳人。
因出生于加贺国松任（现石川县白山市）而被称为加贺千代女，
号草风，法名素园。亦称千代、千代尼。
著有俳句集《千代女尼集》《松之声》等。
她自幼便喜欢俳谐，12 岁时便拜北泻屋半睡为师学习俳句。
17 岁时，松尾芭蕉门下的各务支考云游四方来到加贺国，
千代女闻讯后特意造访各务支考所住的旅店，希望拜师为徒。
于是，就有了下面关于《子规》一句的逸闻。

自己也读了读，果然很无趣。怎样才能让小说变得更精彩呢？昨天我悄悄给岩见老师寄了封信，恳求他不要抛弃七年前的天才少女。也许我真的快要疯掉了。

好客的夫人

说来，夫人原本就是一位乐于助人、热情好客的人。不，不对，我甚至想说，与其说夫人是喜欢客人，不如说是害怕客人。只要玄关的门铃一响，通常是我先出去应门，然后到夫人的房间通报来客的姓名。这时，夫人早就像听到秃鹫来袭的声音，准备下一秒就振翅逃遁的小鸟那样，一脸紧张，又是拨弄鬓发，又是整理领襟。她稍欠着身子，不等我说到一半，就起身来到走廊上，迈着碎步赶向玄关。很快，她就发出一种哭笑难辨的、宛如哨子般的奇怪声音来迎候客人，然后又像神经错乱了的人一般眼神骤变，在客厅与厨房之间来回奔跑，忽而碰翻锅子，忽而打碎盘子，还对身为女佣的我连声道歉道：“对不起啊，对不起。”当客人都回去之后，她早已精疲力竭，一脸茫然地兀自瘫坐在客厅里，既不收拾，也不做别的，偶尔眼里还噙着泪花。

据说这户人家的男主人在本乡的大学任教，出生于富贵人家，而夫人的娘家也是福岛县有钱有势的富农，再加上膝下无子，夫妇俩就像小孩一样不知疾苦，过得悠闲而自得。我到这户人家来帮忙，是在战事正酣的四年前。半年后，尽管男主人身体羸弱，属于第二国民兵，却突然被强征入伍，更倒霉的是，被发配到了南洋的海岛上。不久战争结束了，男主人却仍旧杳无音信。当时的部队长官给夫人寄来了一封明信片，上面简单地写道：“也许只能请您做最坏的打算了。”从那以后，夫人更是越来越疯狂地款待客人，让人心生怜悯，不忍目睹。

在笹岛先生出现在这个家里之前，夫人的交际也还仅限于男女主人的亲戚，即使男主人被派遣到南洋群岛上，夫人还是仗着娘家足够的接济，继续过着算是轻松和宁静的日子，即过着所谓优雅的生活。但自从那个笹岛先生出现，一下子就乱套了。

这片土地无疑属于东京的郊外，但离市中心并不远，还幸运地逃脱了战火，所以市中心那些房屋被毁的人们全都像洪水一般涌入这里，即便在商店街走走也会发现，过往的行人全都变成了陌生的面孔。

好像是在去年年末吧，夫人说，竟然时隔十年在市场里与男主人的朋友——笹岛先生偶然相遇了，于是就邀请他到家里小坐。不承想，这就是日后厄运的开始。

笹岛先生与这家的男主人相同，年龄都在四十岁上下，据说也在这家男主人任教的本乡某所大学当老师。不过，这家的男主人是文学士，笹岛先生却是医学士，更重要的是，两个人在中学时代也是同学。还有，男主人在修建这个家之前，有一小阵曾与夫人住在驹込的公寓里。那时，笹岛先生还单身未娶，也住在同一栋公寓里，所以尽管时间不长，但毕竟有过深交。当男主人搬到这边之后，或许是因为两人的研究领域各不相同吧，就再也没有相互走访，从此断了来往。那以后过了十年，据说他在这街上的市场里偶然看见了夫人，就过来打了个招呼。夫人也是的，如果仅仅是寒暄一番便各自东西就好了，不料夫人又发挥她那天生好客的癖好，随口说道："我家就在附近，要不过去看看？"她原本无意招待客人，却因为害怕客人，反倒脑袋一热，弄得非要请人到家里去似的。结果，笹岛先生就那样穿着和服，挎着购物篮，一身奇怪的装束就来了。

"哇，这房子不是相当气派吗？能够逃脱战火，真是太幸运了。没有租给外人住吧？真是太奢侈了。不过，家里只有女人，而且收拾得如此干净整洁，人家反倒不好来租住吧。因为就算租住在这里，也很无聊吧。不过，我真是没想到，夫人原来住得这么近。曾听说您家住在 M 市呢。但人这东西，就是糊涂啊。我疏散到这里，也快一年了，竟完全没注意到这里的门牌。说来，我还经常从这房子前通过呢。去市场买东西时，这里可是必经之地呀。不过，在这场战争中，我也是吃尽了苦头。结婚不久，便被强征入伍了。如今好不容易回来了，结果整个家被焚烧一空，老婆只得带着我离家后才出生的儿子，到位于千叶县的娘家去避难。就算想把他们接回来，也无家可住呀。这就是现状呢。无奈之下，我只好一个人在那边的杂货店租下三铺席〈1〉大的后厢房，每天自己烧饭吃。我正寻思着，今晚做一个鸡肉汤锅，好好喝几口，所以就带着这个购物篮，在市场里东游西逛。我这是破罐子破摔呢。到了这步田地，连我自己都不知道，究竟是活着，还是已经死了。”笹岛先生盘腿坐在客厅里，只顾着念叨自己的事。

“真是可怜！”夫人叹息道。情绪一激动，她那款待客人的癖好就立马发作了。只见她眼神也变了，踏着碎步急匆匆地来到厨房。

“阿梅，对不起啊。”她先跟我道了声歉，然后吩咐我炖一锅鸡肉，备好酒水，随即转身向客厅飞奔而去。不料，转眼间她又跑回厨房，又是生火，又是拿茶具，尽管这也是习以为常的事，但她流露出的兴奋、紧张和慌乱，早已超出了让人爱怜的程度，

〈1〉 席：日本传统的和式住宅以席为单位表示面积，一席即一张榻榻米的大小，标准为长 180 厘米、宽 90 厘米，面积约 1.62 平方米。

甚至有种令人憎恶的感觉。

笹岛先生恬不知耻地大声说道：

“哦，是炖鸡肉汤锅吗？对不起，夫人，我吃鸡肉汤锅时，里面是一定要放魔芋丝的。那就拜托您了。要是顺便再煮点烤豆腐，那就更好了。如果只放葱子，总觉得不够味。”

还没听他说完，夫人就急急忙忙地跑来，恳求我道：“阿梅，对不起啊。”

她的脸上带着婴儿般的表情，像是有些害羞，又像是在哭泣。

笹岛先生嫌用小酒盅喝酒太麻烦，索性用玻璃杯咕咕咕地大口喝着，不一会儿便喝醉了。

“是吗？您先生至今还生死不明呀。不，想必十有八九已经战死了吧。也是没有办法的事呀。因为不幸的人并不只是您。”他三言两语地就岔开话题，又扯回到自己的遭遇上，“而我呢，夫人，现在是无家可住，与最爱的妻子也是分居两地，家里的财产和家具，还有衣服，甚至被褥和蚊帐等，全都被烧成灰烬，一样也没剩下。我呢，在租借那家杂货店的后厢房之前，一直是睡在大学附属医院的走廊里。比起患者，倒是医生过着悲惨数倍的日子。我倒宁愿自己是个患者。啊，实在是了无生趣。太惨了。夫人啊，您真的算是幸运的。”

“嗯，说得也是。”夫人连声附和着，“我也是这么想的。我真的觉得，与大伙儿相比，我真的是太幸福了。”

“当然了，当然了。下次我把我的朋友带过来吧。您会知道，大伙儿都是一帮不幸的人，只能请求您关照了。”

夫人呵呵呵地笑着，显得更加开心了。

“可别那么说啊，”然后，她又很平静地说道，“那可是我的荣幸。”

从那天起，我们的家就变得面目全非了。

原来，笹岛先生说的可不是什么酒后的戏言，果不其然，那以后过了四五天，他真的厚颜无耻地带来了三个朋友，说：“今天医院开了忘年会，晚上就在府上续摊喝第二轮吧。夫人，今晚就索性喝个通宵了。近来，我正因找不到合适的地方可以续摊喝第二轮而伤透了脑筋呢。喂，诸位，在这个家是不需要客套的。快进来吧。客厅在这边呢。外套就不用脱了。因为冷得不行。”他就俨然是在自个儿家里一样，大声招呼着其他人。他的朋友中有一个女人，看起来是个护士。在众人面前，他也毫不避讳，与那个女人肆无忌惮地调情嬉戏。夫人在一旁战战兢兢的，强打起笑容，而笹岛先生倒像对待用人一般使唤着夫人。

“夫人，对不起，给被炉点上火吧。还有，拜托您就像上次那样，准备点酒水。如果没有日本酒，烧酒和威士忌也没关系。另外，说到吃的东西，对了，夫人，我今晚可是带来了美味的礼物哟。您就好好享用吧。是烤鳗鱼串呢。大冬天，这可是最佳的食物。那就一串送给夫人享用，一串留给我们自己吧。再有，好像哪个家伙还带着苹果呢。别舍不得，全都送给夫人吧。这苹果叫印度，可不是一般的香甜。”

我端着茶水去客厅时，不知从谁的荷包里滚落出一个很小的苹果，正好停在了我脚边。我真想一脚踹开那苹果。也就区区一个苹果，还恬不知耻地吹嘘说，那是特意带来的礼物。随后我又看了看所谓的烤鳗鱼串，又薄又干，就像是鳗鱼干一样，真是丢人。

那天夜里，他们一直闹腾到快要天亮，夫人也被灌了很多酒。到黎明时分，那帮人围着被炉，横七竖八地躺在一起。夫人也被夹在了中间，想必片刻也没有睡着吧。那帮人打着鼾，一直酣睡到中午过后。醒来后，他们吃了茶泡饭，或许是酒劲也过了吧，有点无精打采。因为我脸上明显表现出愠怒的表情，所以他们全都侧着脸来躲避我的视线，不久，就像是蔫掉了的烂鱼一般，一个个地散去了。

“夫人，您干吗挤在那帮人堆里就躺下了？对这种丢人现眼的事情，我可不待见呢。”

“对不起！我，实在说不出‘不’字。”

夫人明显睡眠不足，脸色苍白，一副疲惫不堪的样子，眼里还闪动着泪花。听她这么一说，我也不好再说什么了。

此后，那群恶狼越来越变本加厉，以至于这个家仿佛变成了笹岛先生一帮人的宿舍。当笹岛先生不来的时候，笹岛先生的朋友照样会跑来留宿，每次还吩咐夫人陪着他们横七竖八地睡在一起。夫人压根儿就睡不着，再说她身体原本就有些虚弱，所以害得她在没有客人的时候，总是躺在床上补瞌睡。

“夫人，看您多憔悴呀！您就别再那样应酬客人了。”

“对不起。我做不到呀。他们全都是一些不幸的人，对吧？到我家里来玩，难道不是他们唯一的乐趣吗？”

真是愚蠢和荒唐。如今，夫人的财产状况也堪忧了，照此下去，再过半年，就不得不变卖房产了。尽管如此，在客人面前，她却没有流露出一星半点的忧虑。虽然她的身体状况确实已相当糟糕，可只要客人一来，她就立马从床上爬起来，很快整理好妆容，碎步跑向玄关，发出哭笑难辨的奇怪声音来迎接客人。

这是早春某个夜里的事。家里照旧来了一帮喝醉的客人。我奉劝夫人说：“反正又要闹腾一个通宵了，我们两个赶快趁现在先吃点东西垫垫肚子吧。”于是，我们俩就那样站在厨房里，吃了点蒸馒头来代替正餐。对客人，夫人总是想方设法地提供美味的餐食，而对自己，却总是随便吃点什么来凑合。

这时，从客厅里传来了醉客们猥亵的哄笑声。接着，听见有人说道：

“不，不，不会是那样吧？的确，我都看出来了，你们俩的关系很微妙呢。那个老女人居然和你……”那个人甚至用医学术语来说着不堪入耳的肮脏事情。

于是，听声音貌似是今井先生的人回答道：

“你在胡说些什么呀？咱可不是为了爱情来这里串门的。这里嘛，纯粹就是一个临时借宿的地方。”

我怒火中烧，抬起头来。

昏暗的电灯下，夫人正一声不响地低着头，吃着蒸馒头。显然，她的眼里闪动着泪花。因为过于心疼夫人，我竟一时语塞了。夫人低着头，静静地说道：

“阿梅，对不起，劳驾你明天早晨烧好洗澡水。因为今井先生喜欢早晨泡个澡呢。”

不过，夫人在我面前露出怅然的表情，也仅限于那个时候，然后又像什么也没有发生似的，一边对客人露出灿烂的笑容，一边继续穿梭于客厅与厨房之间。

但我心里明白，夫人的身体正变得越来越虚弱。在客人面前，夫人绝不会流露出半点的倦容，因而，尽管客人们净是些貌似优秀的医生，却没有一个人看出夫人身体状况的恶化。

在春日一个安静的早晨，幸好那天早晨没有一个客人留宿，所以我就优哉游哉地在水井旁洗衣服。这时，夫人打着赤脚，步履蹒跚地下到庭院里，蹲伏在开满棣棠花的篱笆前，吐了很多血。我大声惊叫着，打水井旁跑过去，从后面抱住她，连扛带拖地把她送回卧室，让她安静地躺下。然后，我哭着对夫人说：

“所以嘛，所以说嘛，我讨厌死那些客人了。那些客人不是医生吗？既然夫人都这样了，那就请他们把您治好吧，让您恢复到原来的样子。否则，我绝不答应！”

“那怎么行呢？对客人说这种话。他们会感到自责而过意不去的。”

“瞧您！身体都糟糕成这样了。夫人，从今以后您打算怎么办？还要坚持爬起来，招待客人吗？若是挤在客人堆里睡觉时，您吐血了什么的，那就出尽洋相了。”

夫人闭着眼睛，思考了一会儿，说：

“我暂时回娘家去一趟。阿梅呢，就留下来，照顾客人的食宿吧。要知道，那些人没有一个家可以用来好好歇息。另外，我的病，千万别告诉他们。”

说着，夫人温柔地笑了。

那天，趁客人还没有来，我当即便开始拾掇行李了。我琢磨着，自己还是陪夫人回她娘家所在的福岛去为好，所以就买了两张车票。到了第三天，夫人也精神多了。于是，趁着客人还没来，就像是大逃亡一般，我催促着夫人，赶紧关上窗，锁好门，来到了玄关。

我的天啦！万万没想到——

尽管是大白天，笹岛先生却已喝得酩酊大醉，带着两个护士模样的女人出现在那里。

“呀，这是要出门去哪里吗？”

“没事的。不要紧。阿梅，对不起，麻烦你打开客厅的窗户。请进吧。真的，没关系的。”

她发出那种哭笑难辨的奇怪声音，跟两个年轻女人也打了个招呼。接着，她又像团团转的高丽鼠一般开始了忙碌的接待。夫人吩咐我外出买东西，并匆匆忙忙地把当作钱包用的旅行手袋交给了我。当我在市场里打开旅行手袋，准备付钱时，却惊讶地发现，夫人的车票已经被撕成了两半。想必是在玄关碰到笹岛先生时，夫人悄悄撕碎的。想到这里，我不禁为夫人那深不可测的善良感到目瞪口呆，与此同时，又感到自己仿佛生平第一次知道了一个事实——人具备某种与其他动物截然不同的高贵品质。于是，我从腰带中掏出自己的车票，也悄悄撕成了两半。我琢磨着，要从市场里再多买点美味的食物带回去款待客人，于是继续在市场里搜寻着。

耻辱

菊子。我丢脸了。太丢脸了。就算说我脸上直冒火花，也不足以形容。说想在草原上到处打滚，哇哇大叫，也还嫌不够。《撒母耳记（下）》〈1〉有关于他玛〈2〉的如下记载："他玛把灰尘撒在头上，撕裂所穿的彩衣，以手抱头，一面行走，一面哭喊。"啊，可怜的妹妹他玛。当年轻女孩羞愧得无所适从时，也许就忍不住想把灰尘撒在头上，号啕大哭吧。其实，他玛的心情，我是知道的。

〈1〉《撒母耳记》:《圣经·旧约》的一卷书，分上、下两册，记载了以色列王国第一位国王扫罗和第二位国王大卫执政期间的历史。

〈2〉 他玛：在《撒母耳记》中，他玛是大卫的女儿，被兄长暗嫩强奸。

菊子。到底还是你说得对。小说家，就是人渣。不，是恶鬼。太过分了。我太丢脸了。菊子。至今我一直瞒着你没说，其实，我有偷偷寄信给小说家户田呢。而且还见了一面，结果丢了个大脸。真是无聊。

那我还是从头一五一十地告诉你吧。九月初，我给户田写过下面这样一封信，一封有些矫揉造作的信：

> 对不起，尽管明知这样做缺乏常识，但还是贸然给阁下写信了。我猜想，阁下的小说恐怕连一个女性读者也没有。女人只会读广告打得多的小说。女人原本就没有自己的爱好，无非是怀着“别人读，那我也读吧”的虚荣心而阅读。她们对佯装博学者抱着异样的尊敬，喜欢过分抬高无聊的理论。或许这么说很失礼吧，阁下对理论是一窍不通的，貌似也没有什么学问。我从去年夏天开始阅读阁下的小说，自认为已几乎读完了阁下所有的作品。因此，不用见到阁下本人，也对阁下的容貌、风采以及周围的一切等无所不知。我认为，阁下一个女性读者也没有，乃确定无疑的事情。阁下净把自己的贫穷、吝啬、鄙俗的夫妻吵架、难以启齿的疾病、丑陋的容貌、肮脏的衣着，还有啃章鱼脚、喝烧酒、大发酒疯、倒地而睡的糗事，以及其他很多有损名誉的龌龊事情，毫不掩饰地坦白出来。这怎么可以呢？就本性而言，女人是崇尚洁净的。读了阁下的小说，就算

对阁下还有点怜悯之情，可一旦读到阁下开始秃顶、缺牙少齿等细节，还是不禁觉得太过凄惨，忍不住苦笑。对不起。真想蔑视您。再说，阁下不是还去那些我都难以启齿的龌龊之地找女人吗？这可是致命的。就连我有时候都得捏住鼻子往下读。女人无一例外地蔑视阁下，对阁下蹙紧眉头，也是理所当然的。我是瞒着朋友们读阁下的小说的。一旦我在读阁下的小说的事败露，她们肯定会嘲笑我，怀疑我的人格，甚至与我愤然绝交吧。还是请阁下有所反省吧。尽管我承认阁下有着无数的缺点，比如不学无术、文章拙劣、人格低下、思维偏狭、脑袋愚笨等，但毕竟从阁下的那些文字深处看到了一抹哀愁。我珍视那种哀愁。而其他女人是懵然不知的。如前面所述，女人是仅凭虚荣心来阅读的，所以只顾着推崇那些发生在避暑胜地的假装高雅的恋情，或者是所谓的思想性小说。但我坚信，不光那些东西，还有流淌在阁下小说底层的那种哀愁，也是十分珍贵的。恳求阁下千万别对自己容貌的丑陋、过往行为的不检点，还有文章的拙劣感到绝望，一定要珍惜阁下特有的哀愁，同时注意身体健康，不妨再学点哲学、语言学来提升思想的深度吧。倘若将来有一天，阁下能对自己的哀愁进行一番哲学的梳理，那么我相信，阁下的小说也就不会像今天这样遭人嗤笑，而阁下的人格也会得到最终完善。到了那一天，我希望也能取下自己的面具，不再隐瞒自己的住址和姓名，堂而皇之地与阁下见面。但今天，我只想远远地为阁下呐喊助威。事先声明一句，我这里写的可不是粉丝的爱慕信。请别拿它向夫人进行低劣的炫耀，说咱也有了女粉丝云云。毕竟我有自己的自尊。

菊子。我大约就是写了这么一封信。口口声声地称呼对方“阁下”，总觉得有些尴尬，但如果称呼“您”，又觉得户田先生与我之间年龄太过悬殊，而且过分亲昵，才不愿意呢。其次，我也觉得，户田有种与其一大把年纪不相称的自负，如果让他滋生了什么奇怪的想法，可就为难了。再说，我对他的尊敬还尚未达到称呼他为“老师”的地步，而且户田先生也没有学问什么的，总觉得称呼他为“老师”很不自然。所以，就决定称呼“阁下”了。但说实话，“阁下”这称呼也有点怪怪的。不过，我寄这封信给他，一点也不觉得有良心的苛责。毋宁说，倒是觉得做了一件好事。对可怜之人，就算献上绵薄之力，也足以让我心旷神怡。但是，我在这封信里既没有标注住址，也没有署上名字。毕竟我感到害怕。倘若他身着肮脏的衣服，酩酊大醉地出现在我家门口，母亲不知道该有多么惊讶。没准儿他会威胁我借钱给他，因为他是一个酒品很差的家伙，谁知道会干出什么可怕的事情。我希望自己永远做一个蒙面女郎。可是，菊子，我失败了。毋宁说事态变得非常糟糕。那之后不到一个月发生了一件事，让我不得不又给户田先生写了封信。而且，还如实写上了自己的地址和姓名。

菊子，我真是个可怜的女孩。只要你读到我当时的那封信，就理应大致明白事情的原委吧，所以下面就抄录这封信，但请你不要取笑我。

户田先生：我着实吓了一跳。阁下是怎么发现我真实身份的呢？是的，没错，我的名字就叫和子。是一个教授的女儿，二十三岁。居然被阁下轻易地就看穿了。在本月的《文章世界》上拜读到阁下的新作，我感到非常震惊。不禁觉得，对所谓的小说家，千万千万不可以掉以轻心。阁下是怎么知道的呢？而且还彻底看穿了我的心情，向我射出了辛辣的一箭，说我“甚至陷入了淫乱的空想”。我承认，阁下的确有了令人惊讶的进步。我那封蒙面的信件直接刺激了阁下的创作欲望，这于我也是值得欣慰之事。我压根儿没有想到，女性的一点支持居然可以对作家发挥如此显著的激励作用。据说，即便像雨果、巴尔扎克这样的文学大师，也全靠女性的保护和安慰，才酝酿出了那么多的杰作。我已下定决心，尽我的绵力来协助阁下。在阁下的这篇小说中，对女性心理进行了虽然不多的解剖，但这确实是一大进步，到处都有巧妙而利落的描写，让我深感敬佩，但也有不够诚实的地方。我是一个年轻的女性，所以今后我会告诉阁下各种女性的心理。我相信，阁下必定大有前途，而且作品也会越来越好。恳求阁下再多读些书，也充实一下哲学方面的修养。如果修养不够，再怎么也成不了大小说家。如果有什么苦恼，请不客气地写信给我。既然已经被阁下看穿了，那我就停止蒙面吧。我的地址和名字如信封所示。绝不是假名，敬请放心。当某一天阁下的人格得以完善之际，我一定要与阁下见面，但在此之前，就请允许我们只是书信来往吧。说实话，我这次真的是大吃了一惊。阁下居然连我的名字都扒出来了。我猜想，阁下是因读到我的信而兴奋不已，一阵激动，就把它拿给所有的朋友看，并以信封上的邮戳等为线索，再拜托报社的朋友，最终才扒出我名字的吧。该是这样，对吧？一接到女人的信，男人都会立马一阵骚动，真是讨厌。为什么连我的名字，还有我二十三岁的事实，都知道得一清二楚？请写信告诉我这一切。让我们保持长期的书信往来吧。下一次，我会给阁下写一封更温柔的信。请多多保重。

菊子，此刻我一边抄录这封信，一遍无数次地想哭。感到周身都渗出了黏黏的汗水。请原谅。是我误会了。他写的并不是我。他压根儿就没把我当回事。啊，真丢脸。太丢脸了。菊子，就同情我吧。请让我把话说完。

户田先生在本月《文章世界》上发表的短篇小说《七草》，你读了吗？一个二十三岁的姑娘因为害怕恋爱，憎恨心醉神迷的状态，索性嫁给了一个六十岁的富翁，但最后还是因感到厌倦而自杀了。是的，写的就是这样一个故事。尽管有点直白和阴暗，但很有户田先生的特点。读了这篇小说，我当即认定，是以我为原型而创作的。不知为什么，在读了不到两三行的时候，我就认定是这样，不由得脸色发白。要知道，那个姑娘的名字与我一样，就叫和子呢。而且年龄也相同，也是二十三岁。就连父亲的职业是大学教授，不也跟我一模一样吗？尽管其他方面与我的身世大相径庭，但肯定是从我的信中得到灵感而创作的。不知为什么，我就是这样认定的。而这恰恰是我遭受齐天大辱的原因。

过了四五天，从户田先生那里寄来了一张明信片，上面这样写着：

> 回复：来函收悉。谢谢支持。还有，之前的信也确已拜读。到今天为止，我还从未做过把别人的来信拿给家人看，并予以嘲笑等失礼之事，也不曾拿给朋友看以哗众取宠。这一点敬请放心。另外，您说在我人格最终完善之后，将与我见面，但人真的可以靠自己实现自我的最终完善吗？书不尽言，就此搁笔。

我认为，小说家真的是能说会道。读完后，有种自己被将了一军的感觉，内心非常懊恼。我一整天都怅然若失，第二天早晨突然很想去见户田先生。我必须得见到他。如今，他肯定很痛苦。如果我现在不见到他，没准儿他就会堕落下去。他肯定是在等着我的眷顾。那我就去见他，达成他的心愿吧。我立马开始整理衣装。菊子，去登门拜访住在大杂院的寒碜作家，你觉得华丽的衣着合适吗？当然不合适。不是有某个妇女团体的干事们围着貂皮去视察贫民窟，结果引来了麻烦吗？必须得谨慎行事。从户田先生的小说来看，他甚至没有和服可穿，只有一件破絮外绽的棉袄。而且家里的榻榻米也早已破旧不堪，整个房间铺满了报纸，人就坐在报纸上。我想，若是我穿着前不久新买的粉红裙子，去一个如此破落困苦的家里，那只会徒增户田先生一家的悲凉和惶恐，肯定是失礼的。于是，我特意换上女校时代满是补丁的裙子，上半身则套了一件以前滑雪时穿过的黄色夹克衫。这件夹克衫已变得很小很局促，两只袖子只齐到手肘，并且袖口都破了，而毛线就从那里掉了出来。是的，穿它去真是天衣无缝。再说，从小说中还知道，户田先生每年一到秋天，就会因脚气病而难受得要命，所以我决定把自己床上的一块小毛毯裹在包袱皮里带过去。我想给他一个忠告，在工作时一定要用毛毯裹住脚。我瞒着母亲，悄悄打后门走了出去。想必菊子也知道吧，我有一颗门牙是假牙，可以取下来的。我在电车里把它悄悄取下来，故意让自己看起来很丑。户田先生的牙齿也应该是残缺不全的，所以，为了避免户田先生难为情，为了让他能够心安理得，我打算也把自己残缺的牙齿展示给他看。我还故意把头发弄得乱七八糟，让自己变成一个又丑又穷的女人。是的，为了安慰软弱愚笨的穷人，必须考虑得十分周全。

户田先生的家在郊外。从省线电车上下来后，去警亭那边一打听，没费太大力气就找到了户田先生的家。菊子，户田先生的家才不是什么大杂院呢。小是小了点，却是像模像样的独户人家，给人很洁净的感觉。庭院也拾掇得很漂亮，正绽放着秋天的蔷薇花。一切都是那么出人意料。打开玄关，只见木屐箱上放着养有菊花的水盘。稳重而优雅的夫人走了出来，弓着身子朝我点头。我甚至想，自己是不是弄错了门牌号。

“请问，写小说的户田先生，是住在这里吗？”

“是啊。”夫人温柔地回答道。在我眼里，她的笑容是那么令人目眩。

“老师，”我突然脱口而出的是“老师”这个词，“老师他，在家吗？”

我被带进了先生的书斋。一个表情严肃的男人正端坐在书桌前。原来，他身上穿的并不是棉袄。尽管我看不出是什么质地的，但在深蓝色的厚夹衣上，系着一根黑底白纹的腰带。书斋给人一种像是饭厅的感觉。壁龛上挂着写有汉诗的画轴。我一个字也读不出来。竹篮里栽种着漂亮的常春藤。书桌旁堆满了书。

完全不对。他的牙齿是完好的，脑袋也没有秃顶，还长着一张轮廓分明的脸。压根儿没有不洁的感觉。这样一个人，真的会喝多了烧酒而随地躺下吗？我觉得真是太不可思议了。

“小说的感觉，和见到您的感觉，是完全不同的。”我重新打起精神说道。

“是吗？”他轻描淡写地回答道。貌似对我并没有太大的兴趣。

“您是怎么知道我的？我来就是为了打听这个。”我这样说着，试图挽回一点颜面。

“您在说什么？”他一点反应也没有。

“我明明隐去了名字和地址，可老师不还是知道了吗？在前几天写给您的信中，我首先就问到了这件事。”

“您的情况什么的，我可不知道呢。这事好奇怪。”他用清澈的眼睛直视着我的脸，并露出了淡淡的笑容。

“什么？”我开始张皇失措了，“如果是那样，那就应该对我信中的内容一头雾水了吧？可您沉默不语，真是太过分了。您是把我当傻瓜吧？”

我好想哭。都是我一个人在自以为是。糟糕透顶，糟糕透顶。菊子，就算说我脸上直冒火花，也不足以形容。说想在草原上到处打滚，哇哇大叫，也还嫌不够。

“那么，就把那封信还给我吧。太丢脸了。请还给我吧。”

户田先生一本正经地点了点头。或许，他生气了也说不定。想必他已惊呆了吧，觉得我是个奇怪的家伙。

“我找找看吧。因为每天的来信不可能一一保存，所以也有可能已经不在了。但之后我会吩咐家里人找找看的。如果找到了，我就寄给您吧。是两封，对吗？”

“嗯，两封。”我陷入了很悲凉的心境。

“据您说，我的小说与您的身世很相似，但我要声明，我的小说绝没有原型，全都是虚构。重要的是，您的第一封信……”他突然噤口不语，低下了头。

“失礼了。”我是一个缺了牙齿的、丑陋的乞丐少女。过于短小的夹克衫袖口已经褴褛不堪。深蓝色的裙子也缀满了补丁。我从头到脚都遭到了蔑视。小说家，就是恶魔！就是骗子！明明不穷，却装着很穷的样子。明明长得一表人才，却说自己奇丑无比，以博取同情。明明在拼命读书，却非要说自己不学无术，装疯卖傻。明明爱着自己的妻子，却到处说夫妻成天在吵架。明明不痛苦，却非要做出很痛苦的模样。是的，我被骗了。我默默地行了个礼，站起身来。

“对了，您的病怎么样了？不是说患有脚气病吗？”

“我，健康着呢。”

为了他，我特意带了条毛毯过来。那就还是带回去吧。菊子，因太过耻辱，我在抱着毛毯回家的路上，哭了。我把头埋在毛毯里，哭了。结果，被汽车司机当头骂了一句：“浑蛋！小心走路！”

过了两三天，我的两封信被装在一个大信封里，用挂号信寄了回来。我还抱着一丝微弱的希望：没准儿老师会在信中写上几句箴言，把我从耻辱中拯救出来？在偌大的信封里，除了我的两封信，会不会还装有老师写来安慰我的温柔文字？我紧紧地搂住信封，先是一阵祈祷，然后再开封，但里面空空如也。除了我的两封信，什么都没有。对了，老师会不会在我信笺纸的背面，涂鸦似的写着感想什么的？想到这里，我一页一页地认真翻看着信笺纸的正反两面，但确实是一个字都没有。这是怎样的耻辱！你是明白的，对吧？我真想把灰尘撒在头上。突然间，我一下子老了十岁。小说家，真是无聊透顶！简直就是人渣！书里净写些谎言。一点也不浪漫。如果对出生于普通家庭、衣着肮脏、门牙残缺的姑娘，只是冷眼相看，而不肯目送，并摆出一副永远与己无关的面孔，那不是太荒唐了吗？那么做，跟骗子又有什么两样？

灯笼

我越是辩解，人们就越是不相信我。所遇之人，每一个都在提防我。原本去看望对方，只是出于思念，想见个面而已，可他们对我报以奇怪的眼神，像是在追问我，你来有何贵干。真让人受不了。

我已经哪儿也不想去了。就算是去附近的澡堂，我也会专挑黄昏的时候。是的，我不想被任何人瞧见。可就算如此，在这仲夏时节，我的浴衣雪白地飘浮在暮色中，还是会觉得特别扎眼，让我手足无措，困惑得要死。昨天和今天，气温明显转凉，已经进入该穿哔叽布料的季节了，所以我打算立马换上黑色的单衣。

穿着这身衣装，度过秋、冬、春三季后，又会是夏天，我将不得不重新穿上白色浴衣走在大街上。倘若如此，这不是太过分了吗？我有一个心愿就是，至少在明年夏天之前，可以身着牵牛花纹的浴衣大摇大摆地走在路上，可以化着淡妆穿行在庙会拥挤的人群中。一想到那种快乐，我的心此刻就禁不住怦怦直跳。

我偷了别人的东西。这没错！我也不认为自己做的是好事。但是……不，还是让我从头道来吧。我是在对神灵说话。我不指望人们会相信我说的。而愿意相信的人，就相信好啦。

我是穷木屐匠的独生女儿。昨天夜里，我正坐在厨房里切葱子时，突然从背后的空地里传来了小孩子的哭叫声："姐姐！"那哭声听起来是那么可怜，我不禁停住手，陷入了思考。要是我也有个那么依恋我、哭喊着要我的弟弟或妹妹，兴许我就不会这么落寞了吧。一想到这里，被葱味熏着了的眼睛顿时热泪盈眶。我用手背揩了揩眼泪，不料，葱味刺激着泪腺，反倒让眼泪越发流个不停，真不知如何是好。

"那个任性的姑娘终于犯花痴了。"

从理发店传出这种流言，是在今年的叶樱时节。那时，瞿麦花、菖蒲花也被摆上了庙会的夜店，真的是好快乐。一到黄昏，水野先生就会来接我。而我不等天黑便换上和服、化好妆，在家门口反复地进进出出。附近的人们一看见我那副模样，就悄悄指着我，交头接耳地笑着说："那个木屐匠家的咲子开始犯花痴了。”不过，这是我后来才渐渐知道的。或许父母也依稀有所察觉吧，但什么也没说。今年我快二十四岁了，但既没有出嫁，也没有招到女婿。想来，家里贫寒也是原因之一吧。不过，再一点就是，母亲曾是这个城里一个有权势的地主的小妾，在和父亲好上后，便不顾地主的前恩，私奔到父亲家，不久就生下了我。据说我的五官既不像地主，也不像父亲，这无形中缩小了我的结交范围。有一阵子，在人们眼里，我几乎成了见不得人的人。因为是这种家庭的女儿，没有姻缘也是理所当然的吧。不过，凭着我的这副长相，就算是出生在有钱的华族家里，没准儿也照样是缺乏姻缘的命吧。即便这样，我也并不恨自己的父亲，也不恨自己的母亲。我就是父亲的亲生女儿。不管别人说什么，我都坚信不疑。父亲和母亲都对我百般疼爱。我也常常安慰父母。父母都是软弱的人，就连对我这个亲生女儿也避让三分。我认为，对于软弱胆怯的人，需要大家一起去好好呵护。为了父母，不管多么痛苦多么悲凉，我都要忍耐下去。但自从认识水野先生，我在孝敬父母上也有所怠慢了。

说起来都不好意思。水野先生比我小五岁，是商业学校的学生。但还是请宽恕我吧，因为我别无他法。说来，和水野先生认识，是在今年春天。当时我左眼害了眼病，去附近看眼科医生，在医院的候诊室里见到了他。我是一个天生容易一见钟情的女人。他和我一样，左眼上缠着绷带，很不舒服地紧锁着眉头，不断翻弄着小小辞典的页码，在查阅着什么。他的样子看起来是那么可怜。我因为也缠着眼带，情绪有些抑郁，正透过候诊室的窗户眺望着外面的椎树。椎树的嫩叶被强烈的热气浪裹挟住，看上去仿佛燃烧着蓝色的火焰。外界的一切都恍如是在遥远的神话国度里。而水野先生的脸俨然来自天上，尽显美丽和尊贵。我想，之所以有这种感觉，肯定也是眼带在使魔法吧。

水野先生是个孤儿。没有人待他像亲人。原本他们家是一个规模不小的药材批发商，但母亲在水野还是婴儿时就过世了，而父亲在他十二岁时也离开了人间。从那以后家道中落，两个哥哥和一个姐姐分别被远亲带走，而身为小儿子的水野则被药店的掌柜收留。虽说如今在读商业学校，但好像每天都过得很抑郁和落寞。他亲口对我说过，只有和我一起散步的时候，才是快活的。单说日常需要的物品，他也常常捉襟见肘。这不，今年夏天，他说和朋友约好了，要去海滨游泳，脸上却看不到半点高兴的样子，反倒一副被打蔫了的神情。就在当晚，我偷了东西，偷了一条男式泳裤。

我悄悄走进城里规模最大的大丸百货店，装着随意挑选女式便服的样子，随手把背后的黑色泳裤拽过来夹在腋下，静静地离开了百货店。可不等我走出两三间〈1〉的距离，身后就传来了“喂，喂”的叫喊声。顿时，我被一阵恐惧感攫住了，真想哇地大叫一声，立马疯了般地撒腿就跑。“小偷！”刚听见背后的这声大喊，肩膀就被猛地一拍，身体跟着打了个趔趄。就在我回头的瞬间，脸上也挨了一拳。

我被带到了警局。在警局前面，聚集了一片黑压压的人群，全都是城里熟悉的面孔。我的头发散乱着，大腿也从浴衣的裙裾下露了出来。我知道，此刻自己惨不忍睹。

警察让我坐在警局里面一个铺着榻榻米的小屋里，开始问各种问题。那是一个二十七八岁的讨厌警察，有着白皙的皮肤和细长的脸型，还戴着一副金边眼镜。在大致问过我的名字、地址、年龄后，他一一记录在了簿子上。突然，他嗤笑着问道：

“这是犯第几次了？”

我顿时毛骨悚然，一阵发冷。我实在找不到应答的话语。再磨蹭下去，就会被关进牢房，冠以重罪的。一定要巧妙地为自己开脱才好。我拼命搜寻着开脱的理由，却不知道该说什么才好，就恍如身坠五里雾中，别提有多么恐怖了。最后，终于迸出了一句吼叫般的话语，就连自己都备感唐突。不过，一旦开了口，就

〈1〉 间：日本中世纪以来测量土地用的惯用单位，
因时代不同，长度略有变化。
根据 1891 年制定的度量衡法，1 间约等于 1.818 米。

像被狐狸附身了似的，开始滔滔不绝地说个不休，俨然是疯了的节奏。

“不要把我关进牢房！我不是个坏人。我都快二十四岁了。这二十四年来，我很孝顺，一直用心地伺候父母。我哪里不好了？从没有人在背后指责过我。水野先生是个很棒的人。要不了多久，就会成为了不起的人。这我知道。我就是不想让他没面子。他和朋友约好了，要去海滨游泳的。我希望他能跟其他人一样，有条像样的泳裤去海滨。这有什么不对的？是的，我是个浑蛋。尽管浑蛋，但还是想把水野先生打扮得漂漂亮亮的。他是个出身高贵的人。和其他人不一样。我怎么着都无所谓。只要他能漂漂亮亮地走到社会上，我就心满意足了。我有自己的工作。不要把我关进牢房。二十四岁之前，我没做过一件亏心事。不是一直拼命照料着软弱的父母吗？不要，不要。不要把我关进牢房。没理由把我关进牢房的。二十四年来，我努力了又努力，只因一念之差动了手。不能仅仅因为这个，就把我之前的二十四年，不，我的整个一生都全盘毁掉啊。这可不行。这是不对的。我觉得这太荒唐了。这一生，就因为一次不小心让右手移动了一尺，就能构成偷盗成性的证据吗？这也太过分了。太过分了。不就是两三分钟的事吗？我还年轻。我今后的路还长着呢。我会像以前一样忍耐着，继续过艰难的穷日子。仅此而已。我什么都没变。还是昨天那个咲子。就凭一条泳裤，会给大丸百货店带来多大的麻烦呢？有些人就算骗了别人，诈了别人一两千日元，不，即使让别人破了产，不也照样受到众人的称赞吗？牢房究竟是为谁而设立的？尽是穷人被关进牢房里。在我看来，强盗也是值得同情的。他们肯定是一些无法欺骗别人、天性软弱而正直的人。因为他们不够狡猾，不像有些人那样靠欺骗别人来过好日子，而渐渐被逼上绝路，才做出那样的傻事，去抢劫两三个日元。并且，还因此不得不被投入牢房，关上五年、十年。啊，真是荒唐！荒唐！荒唐！怎么会这样？啊，真的是太过分了。”

我一定是疯了吧？肯定是的。警察铁青着脸，目不转睛地盯着我。我突然对这个警察萌生了好感。我一边哭，一边勉强露出了微笑。看来，我是被当成了精神病人。警察小心翼翼地把我带到了警察署。那天夜里，我被留在了拘留所。到了早晨，父亲来接我，把我带回了家。在回家的路上，父亲什么也没说，只悄声问了句：“他们打你了吗？”

看见当天的晚报，我的脸倏地红到了耳根。上面刊登着我的事，标题是：顺手牵羊也有三分理，变态左翼少女大讲美丽词句。耻辱还不仅仅如此。附近的人们开始在我家四周来回晃荡，最初我也不知道为什么，等我察觉到他们都是来窥探我的时候，我不禁直打哆嗦。我渐渐明白了，自己那个小小的动作引发了多么大的事件。当时，如果家里有毒药的话，没准儿我已经不假思索地喝了下去；如果周围有竹林的话，或许我早已平静地潜入其中，上吊自尽了吧。没过两三天，我们家就关掉了店门。

不久，我就收到了水野先生的信：

> 我是这个世界上最信任咲子的人。只是咲子教养不足。虽说咲子是个诚实的女性，但在环境上还是有所缺失。我一直努力试图帮你改掉那些地方，但毕竟有些东西很难改变。人不能没有学问。前些天和朋友一起去海滨游泳，关于上进心对于人的必要性，我们讨论了很长时间。用不了多久，我们就会变得伟大起来吧。所以，咲子，你以后也要谨言慎行，哪怕只有万分之一，也要为犯下的罪孽赎罪，向社会深刻地道歉。社会上的人，只会憎恶其罪，而不会憎恶其人。水野三郎（读后，请一定将本信烧毁，连同信封一道。切记。）

以上就是那封信的全文。是的，我忘了，水野先生原本是有钱人家的孩子。

如坐针毡的日子一天天过去了，眼下的天气已经变得如此之凉了。今夜，父亲说，别因为电灯这么暗，搞得大家心情很郁闷，就把六铺席房间的电灯换成了五十烛光的灯泡。于是，一家三口人就在明亮的灯光下，一起用晚餐。母亲不停地念叨着“啊，好刺眼，好刺眼”，一边把拿筷子的手搭在额头上，煞是兴奋地嚷嚷着。我在一旁负责给父亲斟酒。原来，我们的幸福，就是给房间换个灯泡这样简单的东西。我就这样悄然自语着，但也并不感到有多么凄凉，反而觉得，就着这简朴的电灯，我们一家就如同绚丽的走马灯一样。啊，想来偷窥，就来吧！我们一家三口是美丽的。我的心中涌起了一种静谧的喜悦，甚至想把这一切告诉给在庭院里鸣叫的小虫子。

皮肤与心

哎呀，我在左乳下方发现了一颗红豆状的脓包。再仔细一看，在这脓包周围，还有好些红色的小豆豆喷雾般地四处散落着。不过，当时也不痒什么的。只是觉得很可气，就在浴室里用毛巾使劲擦乳房下面，恨不得扒掉一层皮才好，但好像一点用也没有。回到家坐在梳妆台前，露出胸部对着镜子一看，不禁一阵毛骨悚然。说来，从澡堂走回家也要不了五分钟，可就在这短短的时间里，小豆豆竟从乳房下蔓延到腹部，波及了足有两个巴掌大的地方，宛如熟透了的红草莓。仿佛看见了地狱图一般，我顿时感到天昏地暗。就是从这时起，我已不再是以前的我了，也不再觉得自己是人了。所谓天旋地转，就是指的这种状态吧。我久久地呆坐着。暗灰色的积雨云悄无声息地裹挟了我的四周，我被从以前的世界中远远地隔绝开来，就连外界的声音听起来也是那么微弱、幽远。而恍如置身在地底下的郁闷时刻就是从这时开始的。不一会儿，就在我打量着自己在镜中的赤裸身体时，仿若下起了淅淅沥沥的小雨一般，这儿、那儿，都冒出了好多小红豆，从脖子周围、胸脯、腹部发展到背部，像是在绕着圈似的极速铺开。我调整镜子的角度，对着后背一看，天啦！只见雪白的背上就像天女散花似的，长满了小红豆。我不由得捂住了脸。

“竟然长了这种东西……”我拿给他看。当时正是六月初。他穿着短衫和短裤，一副刚干完了今天的工作的样子，怔怔地坐在办公桌前吧嗒着香烟。一听我说完，他就站了起来，让我转身对着他。他眉头紧锁，仔细地端详着，用指头到处摁了摁，对我问道：“痒不痒？”“不痒。”我回答道。真的，一点也不痒。他扭着头想了想，然后让我站在套廊上正当夕阳的地方，来回转动着裸露的身子。他仔仔细细地来回察看着。对于我的身体，他总是很留意，甚至到了有些琐碎的地步。他尽管话语不多，但从心底里疼我。我也深知这一点，所以，即使被带到套廊的明亮处，裸露着害羞的身体，任凭他忽而朝东忽而朝西地来回转动，我也反倒像在祈祷一般，内心平静如水，无比踏实。我就那样站着，轻轻闭上眼睛，恨不得到死都不睁开。

“这样可就不懂了。如果是荨麻疹，照理说是会痒的呀。不会是——麻疹吧？”

我凄切地笑了，一边重新穿上和服，一边说道：

“没准儿是有点皮肤过敏吧。因为我每次去澡堂，都会很使劲地擦胸脯跟脖子。”

兴许是吧。大概就是那样。说着，他就去了药房，买来一管白色黏稠状的药膏，一声不吭地用手指抹上药膏，涂在我的身上。倏然间，我的身体有着凉丝丝的感觉，心情也稍许变得轻松了。

“不会传染吧。”

“别担心！”

话是那么说，但他悲凉的心情——尽管是因为怜惜我——从他的指尖发出一阵响声，痛苦地回旋在我溃烂的胸部，并且打心眼里祈祷着我早日康复。

一直以来，他都小心翼翼地庇护着我丑陋的容貌。对于我脸上那无数可笑的缺点，他不曾开过一句玩笑。真的，他从未取笑过我的长相，而总是一副晴空般清澄而专注的表情，说道：

“我觉得你长得很美哟。我，喜欢。”他甚至常常这样叨念着，让我感到不知所措。

我们是在今年三月结婚的。我们俩是那么软弱、寒碜、害羞，所以，于我而言，“结婚”这个词，显得很有些做作和浮夸，很难泰然自若地说出口来。首先，我已经二十八岁了。我这样的丑女人是远离姻缘的，尽管在二十四五岁之前，还有过两三次机缘，但每次要有结果时都告吹了。说来，我家也不是什么有钱人家，不过是由母亲和我们姐妹俩组成的弱女子家庭，所以美好的姻缘是指望不了的，而毋宁说是非分的梦想吧。到了二十五岁时，我算是醒悟过来，下定了决心：即使一辈子结不了婚，也要帮助母亲，养育妹妹，并以此作为自己的生存价值。妹妹与我相差七岁，今年快二十一岁了，既聪明能干，也不再任性，越来越是个好孩子了。所以，我要给妹妹找个上门的好夫婿，然后自己出去自谋生活。而在这之前，我要一直待在家里，把所有的家计和社会交往承担下来，全力守护住这个家。一旦打定这个主意，此前搅得内心不安的烦恼全都烟消云散了，痛苦和寂寞也远离我而去。我在打理家务的同时，还去努力学习裁缝，以至于附近的邻居开始向我定做一些孩子们的衣服了。就在我逐渐找到将来自谋生路的手段时，有人向我介绍了现在的他。中间做媒的，是所谓先父的恩人。因为有这样一层人情关系，所以很难一下子回绝。从介绍的情况来看，对方只有小学毕业，没有父母也没有兄弟，是被我先父的恩人捡到后，从小照顾到大的养子。不用说，对方也不可能有什么财产，现年三十五岁，是个小有技术的图案工，月收入有时会超过二百日元，但有时又分文不赚，平均下来，也就是每月七八十日元。而且，对方并非第一次结婚，曾和喜欢的女人在一起生活了六年，但前年两人又因某种原因分道扬镳了。那以后，他便以自己只有小学毕业，既没有学历，也没有财产，还上了年纪等为由，认定自己不可能再奢望婚姻，索性决定终身不娶，悠闲地打一辈子光棍。先父的恩人劝诫他说，那样的话，会被世人当作怪人的，明显行不通，还是赶紧娶个媳妇吧。还告诉他，自己心中有个人选。然后，就暗自跑来探听我们的意思。听罢，当时我和母亲面面相觑，很是为难。首先，这确实算不上一门好亲事。就算我是个嫁不出去的丑女，但也没做过什么错事呀。除了这样的对象，难不成就真的嫁不出去了？这样想着，一开始真是气不打一处来，但后来又被一种凄凉感攫住了。除了拒绝别无他法，但考虑到前来说媒的毕竟是先父的恩人，不管母亲还是我，总得想法拒绝得体面些才好。就在这犹疑的过程中，突然可怜起他来了。想必，他该是个温柔的人吧。而说到我自己，也不过是女校毕业，没什么特别的学识，也不是什么有钱人。父亲早已去世，家境贫寒。就像你们看到的那样，还是一个丑女，一个老大不小的“欧巴桑”。说来，我自个儿不也一无是处吗？没准儿正好是一对般配的夫妻也说不定。反正我都是不会幸福的。既然如此，与其拒绝对方，和先父的恩人闹得很尴尬，还不如……想着想着，心情的天平开始倒向了另一侧，而更难为情的是，居然有种轻飘飘的感觉，整个脸颊都在微微发烫。“你，真的愿意吗？”母亲一副担忧的表情问道。我再也没有说什么，而是直接答应了先父的恩人。

结婚以后，我很幸福。不，不对，还是不得不说，我是幸福的。没准儿今后会受到惩罚的吧。因为我被疼爱得无微不至。他总是很怯懦，可能是被上一个女人给抛弃了的缘故吧，一副唯唯诺诺的样子，对什么都缺乏信心，让人看了干着急，再加上又瘦又小，还有一张寒碜的脸。不过，干起活来却很卖劲。让我吃惊的是，瞟了一眼他设计的图案，竟发现它是我似曾相识的图案。想来，这是怎样的奇缘啊！结果一问他，弄清事情的原委后，我这才恍如爱上他了一样，胸口怦怦直跳。原来，银座那家化妆品名店的蔷薇藤蔓的商标，就是他设计的。不仅如此，那家化妆品店销售的香水、香皂、蜜粉等的商标设计、报纸广告等，也几乎都是他的创意。貌似从十年前起，他就成了这家店的专属设计师，据说那些独具匠心的蔷薇藤蔓商标、海报、报纸广告等，几乎都出自他一个人的手。如今，那个蔷薇藤蔓的图案就连外国人都熟记在心了，就算不知道那家店的名字，但那个把蔷薇藤蔓典雅地组合起来的别致图案，无论谁都会过目不忘的。我仿佛记得，自己也是从上女校时起，就知道那个蔷薇藤蔓的图案了。而且，还被它莫名地吸引住了，以至于女校毕业以后，用的全部都是那家化妆品店的产品，可以说是它的忠实粉丝。但我从没想过，那个蔷薇藤蔓的设计者是谁。说来，也真是够大条的。不过，不光是我，世界上的人都一个德行吧，看见报纸上的美丽广告，没有人会去问，谁是设计它的图案工吧。图案工，就好比暗地里使劲的轿夫。就说我吧，也是嫁给他以后，过了一阵子才发现的。知道这事时，我兴奋地说道：

“我从上女校时起，就超爱这图案了。原来是你画的呀。太好了。我好幸福。原来，十年前就远远地注定了我和你的缘分，注定了我要嫁过来。”

看见我兴高采烈的样子，他红着脸，打心眼里很害羞似的，眨巴着眼睛，说道：

“别捉弄我啦。那不就是匠人的工作吗？”

说完，他又无力地笑了，露出一副悲凉的表情。

他这个人总是贬低自己，尽管我并不在意，但他却对学历呀、贫穷呀、结二次婚之类的事心存芥蒂，耿耿于怀。这样的话，像我这样的丑女，又该如何是好？结果，搞得夫妇俩都没有自信，成天惴惴不安，彼此脸上都布满了羞愧的皱纹。尽管他好像偶尔也希望我向他撒撒娇，可我毕竟也是二十八岁的欧巴桑了，再说又是个丑女，所以一看见他那缺乏自信的卑微模样，我仿佛也被传染了似的，觉得格外别扭，自然也不可能向他无所顾忌地撒娇了。结果，虽说心里满怀仰慕之情，但表面上显得一本正经，只是冷冷地回应他。于是，他越发抑郁了。而正因为我明白他的心情，所以就更是左右为难，对他相敬如宾了。他似乎也知道我缺乏自信，因此常常突如其来地赞扬我的长相，或者和服的花纹，但明显不得要领。我也知道，他是在安慰我，所以一丁点也不高兴，整个胸口堵得慌，难过得直想哭。他是个好人。他从没让我感觉到上一个女人的存在，真的，一点也没有。托他的福，我总是把她忘得一干二净。再说，这个家也是我们结婚后新租的。此前，他是独自生活在赤坂公寓里的，但想必是不想留下什么不好的记忆，也出于对我的体贴吧，他把以前的家具通通卖掉，只带着工作的用具，就搬到了筑地的这个家里。再说，我从母亲那里拿了些钱来，就两个人一点点地买来家具，而被褥和衣橱都是我从本乡的娘家带来的。这样一来，就再也找不到先前女人的影子了，以至于我很难相信，他曾经和我以外的女人在一起生活过六年。真的，如果他不显出那种不必要的卑微，对我更粗暴些，多斥责我一点，多折磨我一点，没准儿我也能更天真地唱歌，肆无忌惮地向他撒娇，让整个家显得更加明朗、快乐。但两个人都自觉丑陋，小心翼翼。——我的事就先放在一边吧，他，凭什么要那么自卑呢？虽说只是小学毕业，但在教养上与大学毕业的学士没有区别。就说唱片吧，他收集的都是相当高雅的东西，而那些我从没听说过的小说家的作品，他也是一有工夫就起劲地阅读，还创造出了那个具有世界性的蔷薇藤蔓图案。尽管他常常嘲笑自己的贫穷，但近来接手的业务很多，也不时有一百元、二百元的大笔进账，再说，前不久还带我去了伊豆的温泉。可是，对被褥、衣橱以及其他家具是娘家买的这件事，他到现在还耿耿于怀。他那么在意，反倒让我不好意思，总觉得自己干了什么亏心事似的。

要知道，不外乎都是些便宜货。我难过得直想哭，有些夜里还涌起了很多可怕的想法，比如，出于同情和怜悯而结婚是错误的，还是一个人生活的好。甚至一度萌发了有失贞洁的可恶念头——想找个更强悍的人在一起。啊，我是一个坏人！结婚以后，我才痛切地感受到了青春的美丽，以及就那样灰暗地白费了青春的懊悔，如今真想用什么来弥补这种缺失。有时候和他静静地吃着晚餐，竟突然被一种寂寞感搅得难受，手上拿着筷子和饭碗，差点儿就落下泪来。都怪我太贪婪吧。长得这么丑，却奢谈青春什么的，不过是落人笑柄而已。我就这样，就眼下这样，已经幸福得有些非分了。我必须得这样想。但有时还是忍不住任性，结果就遭到这种可怕脓包的报应了。也许是因为他给我涂了药吧，脓包没有继续扩张，说不定明天就会好。我暗自向神灵祈祷着，早早就躺下睡了。

边睡边拼命地想，结果越发觉得不可思议了。无论什么病，我都不怕，可唯独这皮肤病着实受不了。即便再怎么辛苦，再怎么贫穷，唯独这皮肤病是我万万不想得的。就算缺个胳膊少条腿，也比得皮肤病不知强多少。在女校的生理课上，学了各种皮肤病的病菌，害得我周身发痒，恨不得把教科书上印着病虫、巴米虫照片的那一页撕个粉碎。而且，我痛恨老师大条的神经，要知道，即便是老师，也不该这样若无其事地教人的。也许是因为教师这门职业的关系吧，他们只有拼命地忍耐，装着一副理所当然的模样给学生上课。一想到肯定是这样，更是对老师的厚颜无耻感到可气和痛苦。生理课结束后，我和伙伴们讨论起来："在疼痛、酥痒、瘙痒这三者中，究竟哪个最痛苦？"对于这样的话题，我断然回答道："是瘙痒。"难道不是吗？不管是疼痛还是酥痒，我认为都有个知觉的限度。被打、被砍或者被搔痒，当那种痛苦达到极限时，人肯定会失去意识。而失去意识后，人就进入了梦幻仙境，就是升天了，就能从痛苦中美丽地解脱。就算死了，又有什么呢？可瘙痒像起伏的潮水，涨潮、退潮，退潮、涨潮，忽而缓缓地蠕动，忽而剧烈地翻腾，那种痛苦无休无止，绝不会抵达临界的顶点，所以既不会陷入昏迷，也不会因瘙痒而一命呜呼，只会永无休止地痛苦和挣扎。无论怎么说，都没有比瘙痒更钻心的痛苦了。就算在从前那种老式法庭被拷问、被砍杀、被殴打、被搔痒，我也绝不会告密的。没多久，我就会昏厥过去，而再来两三次，就已经命归黄泉了吧。怎么可能告密呢？我会不惜性命，坚守志士的天职。不过，若是拿来满满一桶跳蚤、虱子和疥癣，威胁说要撒在我身上，我顿时会汗毛竖立，周身打战，不顾烈女的风范，双手合十地央求道："我什么都说，请放过我。"仅仅是想着，就厌恶得要跳起来。课间休息时，对伙伴们这样一说，她们全都坦率地表示了赞同。尽管有一次，全班同学在老师的带领下去了上野的科学博物馆，记得是在三楼的标本室里，我哇的大声尖叫着，没有出息地哭了起来。看见寄生在皮肤上的虫子标本被制成螃蟹大小的模型，整齐地排列在架子上，我真想大声骂一句“浑蛋”，用棍棒把它们敲个粉碎。那以后的三天里，我都一直睡不着，总觉得周身发痒，饭菜也难以下咽。我甚至讨厌菊花。那小小的花瓣密密麻麻的，就像某个东西。即使看着树干上的凹凸，也觉得毛骨悚然，全身瘙痒。我搞不懂，居然有人能够泰然自若地咽下盐渍鲑鱼子。牡蛎壳、南瓜皮、沙砾路、虫吃的树叶、鸡冠子、芝麻、碎白花纹的绞染布、章鱼脚、茶叶渣、虾子、蜂巢、草莓、蚂蚁、莲子、苍蝇、鱼鳞，没有一样不讨厌。也讨厌注音的假名。注音的假名看起来就跟虱子一样。茱萸、桑果也讨厌。看到月亮放大了的照片，我恶心得差一点呕吐。即便是刺绣，有些图案也让我无法忍受。我是那么讨厌皮肤上的疾病，所以一直对皮肤格外留心，几乎从没长过脓包之类的。结婚以后，还每天都去澡堂，用米糠使劲擦拭身体。肯定是擦得过头了。现在长出这样的脓包，我真是又气恼又后悔。我到底干了什么坏事？神灵也未免太过分了，居然害我长了最讨厌、最恶心的东西，又不是没有其他的病了。就像是正中了红心，让我掉入了最恐惧的深渊。我感到真是不可思议。

第二天早晨，天没全亮我就起来，悄悄走到化妆镜前一看，不禁叫了出来。啊，我是妖怪！这分明不是我。整个身体就像烂掉的西红柿一样，脖子、胸部、肚子上长出了丑陋不堪、像大豆子一般的脓包。只见周身都像长了角，冒出了香菇一般，布满了脓包，荒唐得让我想笑。而且，正慢慢地发展到双脚上。鬼！恶魔！我不是人！让我就这样死了算了。千万不能哭。这样一副丑陋的身体，就算做出要哭的样子，也不仅不可爱，反而就像烂熟的西红柿一样，只是显得滑稽、可耻，惨烈得无可救药罢了。千万不能哭。还是遮掩起来吧。他还不知道。我也不想让他看到。我原本就很丑，如今皮肤又烂了，我已经一无是处。我是渣滓，是垃圾桶。事到如今，他也找不到安慰我的话了吧。我讨厌被安慰。这样的身体还要来安慰，那我只会蔑视他。讨厌。我想就此分手。别安慰我。别看我。也别到我身边来。啊，真想要一个更大的家。真想一辈子都住在远离他的房间里。如果不结婚该多好。如果没活到二十八岁该多好。十九岁那年冬天，我得了肺病。要是那时候没治好死了，该多好。要是那时候死了，就不会像现在这样痛苦、这样悲凉，也不用陷入这样惨不忍睹的境地了。我紧闭着双眼，一动不动地坐着，唯有呼吸在加剧，感到整个心都变成了恶鬼。世界是那么阒寂，而昨天的我已离我远去。我像个困兽般站起来，穿上了和服，深深感到和服是个好东西。不管多么可怕的身体，和服都能这样掩藏得没有破绽。我打起精神，走到晒衣场，恶狠狠地盯着太阳，不禁深深地叹息着。传来了广播体操的号令，我有些凄凉地独自开始做起了体操，轻声喊着“一、二、三”，试图装出很精神的样子，但突然间觉得自己好可怜，结果体操也做不下去了，差一点哭了起来。而且，或许是因为身体运动过于剧烈，脖子和腋下的淋巴腺开始隐隐发疼，轻轻一摸，全都肿硬着。当我察觉时，整个身子已经站立不住，俨然崩溃了一样，一下子瘫坐到地上。我很丑，一直小心翼翼，尽量不引起人注意，忍耐着活到了今天。凭什么要跟我过不去？一种没有对象却要把人烤焦的愤怒喷涌而出。就在这时，从背后传来了他温柔的嘟哝声：

“原来在这里呀。可不要垂头丧气的哟。怎么样？稍微好点了吗？”

本想回答说好点了，不知为什么，我却悄悄甩开他轻搭在我肩上的右手，站起身来，说道：

“回家吧。”

这句话一出口，我连自己都不认识自己了。对自己要做什么、要说什么，都承担不起责任了。不管是自己，还是宇宙，全都变得难以置信了。

“给我瞧瞧！”他那有些惶惑的低沉嗓音就恍如来自远方。

“不要。”我身体往后一退，说道，“就是这地方长了些疙瘩。”

我用双手使劲按住腋下，无所顾忌地号啕大哭起来，哇哇哇地叫着。一个二十八岁的难看丑女，再怎么撒娇和哭泣，又能有什么可爱之处呢？就算知道丑陋至极，但仍旧泪如泉涌，还流下了口水，我真的一无是处。

“好啦，别哭了。我带你去看医生。”他的声音透着前所未有的坚毅和果断。

那天，他请了假。在查阅报纸上的广告后，决定去一家有名的皮肤病专科医院，我以前也听到过一两次那个医生的名字。我边换出门的和服，边问道：

“是不是身体必须得给人看呀？”

“是的。”他非常优雅地微笑着，回答道，“可别把医生看作男人。”

我霎时羞红了脸，居然还有点喜滋滋的感觉。

一走出门外，阳光是那么炫目，我觉得自己就是一只丑陋的毛毛虫。在这个病治好之前，我打算把这个世界变成一片漆黑的深夜。

“我不要坐电车。”结婚以后，这是我第一次如此任性而奢侈地说话。那些脓包已开始蔓延到手背上。我曾在电车上看到过一个女人，她就有这么吓人的手。于是从那以后，我就连抓电车上的吊带都觉得不干净了，担心会不会被传染。可现在，我的手就跟那个女人没什么两样了。“厄运上身”这句话，从没像此刻这样渗透过我的骨髓。“我知道的。”他露出开朗的表情回答道，让我坐上了轿车。从筑地经日本桥到高岛屋背后的医院，其实也就一会儿工夫，但在这段时间里，我有种搭在葬礼车上的感觉。唯有眼睛还活着，茫然地眺望着初夏的街巷风景。走在街上的男男女女，居然没有人长着我这样的脓包，这让我觉得真是不可思议。

到医院后，我和他一起走进了候诊室。这里呈现出与世间迥然不同的风景，我一下子想起了很久以前在筑地小剧场看的《在底层》[1]那出戏的舞台场景。尽管外面的世界是深绿色的，明亮得有些刺眼，但不知为什么，这里就算有光线，也尽显昏暗，充斥着阴冷的湿气，还有一股酸酸的气味扑鼻而来。盲人们垂着头，挤在一起。还有很多不是盲人，但身体哪里有残疾的老头子和老太婆，让我很是讶异。我在靠近门口的长凳边坐了下来，死人般耷拉着脑袋，恍如嚼了什么酸东西似的，紧闭上眼睛。突然我注意到，也许在这众多的病患中，只有我患的是最严重的皮肤病，于是睁开眼，抬起头，偷偷扫视着一个个患者，果然没发现任何人比我长着更明显的脓包。我是从医院玄关的广告牌上才知道的，这家医院专治皮肤病和另一种我羞于启齿的讨厌疾病。这么说来，那个坐在那里，像是年轻漂亮的演员似的男人，既然身体上没有长着脓包，那么他就不是来看皮肤科，而是看另一科的病的吧。一想到这里，就仿佛觉得，这候诊室里低头坐着等死的所有患者，全都染上的是那种病似的。

"我说你，还是去散会儿步吧。这里太闷了。"

"好像还早哪。"他闲得无聊地一直站在我身边。

"嗯。轮到我，都该中午了吧。这里好脏，你别待在这里。"

〈1〉《在底层》：俄国作家高尔基的戏剧作品。

说出这样严厉的话来，连我自己都觉得好吃惊，他却柔顺地听从了我的话，慢慢点了下头，说道：

“你不一起出去走走？”

“不要。我没事的。”我微笑着说道，“我待在这里最轻松。”

把他赶出候诊室后，我稍微平静了一些，然后又坐在凳子上，闭上了眼睛。在旁人看来，我肯定是个很矫情的、沉浸在愚蠢冥想中的欧巴桑，可对于我来说，这样是最放松的。装死。想到这个词，顿时觉得好滑稽。不过，我渐渐开始担心起来。每个人都是有秘密的。仿佛有人在耳旁嘟哝着这句讨厌的话，不禁心跳加速。没准儿这个脓包也是——想到这里，顿时感到汗毛竖立。或许他的温柔善良、缺乏自信等，也是源于此吧。虽然很可笑，但到了这时，我才确确实实想到了一个事实：对于他来说，我并不是第一个女人。于是，我变得坐立不安。被骗了！完全是结婚欺诈！突然脑海里冒出了这样过分的字眼。恨不得追到他身边，猛揍他一顿。我真蠢。我是一开始就知道这一点才嫁给他的，可现在突然对他不是头婚而懊悔、气恼，甚至觉得不可挽回，而且前面那个女人的事也蓦然变得鲜明清晰，沉重地压在我胸口上。我第一次真正感到了那女人的可怕和可恨。以前竟没在意过那女人，我为自己的粗心和疏忽感到无比遗憾，差点儿就流下泪来。我好痛苦，难道这就是所谓的嫉妒？如果是，那么嫉妒这东西就是不可救药的狂乱，而且是仅限于肉体的狂乱。它毫无美感，丑陋至极。原来，世界上还存在着我所不知的讨厌地狱。我开始讨厌再活下去了。我无耻地匆匆解开膝盖上的包袱，拿出小说，随意翻开一页，就从那里读了起来。《包法利夫人》[1]，爱玛的苦难生涯总是能安慰我。在我看来，爱玛最后的沉沦，是最符合女人也最自然的归宿。我感到，就如同水往低处流一样，身体变得慵懒也是符合天性的。女人，无非就是这样的东西。有着不可告人的秘密。要知道，那是女人“天赋”的能力。肯定都各自面临着一个“泥淖”。这一点是可以明确断言的。因为对女人而言，每一天都是她的全部。与男人不同。不会去考虑死后之事，也不会展开思索。只祈求达成每一刻的美丽，溺爱着生活和生活的感触。女人之所以对茶碗和花纹漂亮的和服珍爱有加，就因为只有这些才是真正的生存价值。而每一刻的行动，都直接构成了生存的目的。除此之外，还需要什么呢？如果高明的现实主义能够牢牢地遏制住人的堕落和轻浮，并毫不掩饰地把它们暴露出来，不知我们的身体会多么轻松。但对于女人心中这个深不可测的“恶魔”，谁都装着没有看见，也不肯去触碰它。正因为如此，才引发了各种悲剧。或许只有高深的现实主义可以真正拯救我们。毫不隐瞒地说，女

〈1〉《包法利夫人》：法国作家福楼拜的长篇小说。
小说女主人公爱玛是乡下医生查理·包法利的夫人，因不满粗俗的丈夫，
而与乡下风流贵族罗多尔夫有染，
后来又与昔日情人莱昂发生关系，最后服砒霜自杀。

人的心在新婚第二天就可以平静地想着其他男人了。对人心，绝不可以放松警惕！有句话叫“男女七岁有别”，这句古训突然带着可怕的现实感，撞击着我的胸口，让我惊讶地发现：被称之为日本伦理的东西，几乎全都具有强大的写实性。我震惊得几近晕眩。原来，人们早就对一切深谙于心。自古以来，那个泥淖就早已掘好了，放在那里。这样一想，心情反倒变得痛快了一些，也安下心来。即使我身上长满了丑恶的脓包，也还是个性感的“欧巴桑”呢。我甚至抱着这份余裕，有了怜悯自己的心情，继续读起书来。此刻，罗多尔夫正悄悄贴近爱玛，轻声呢喃着甜言蜜语。我一边读，一边想着其他奇妙的事情，不由得扑哧笑了。如果爱玛这时身上长出脓包，事情会怎样呢？我冒出了这个奇怪的念头。不，这可是一个重要的想法！我一下子认真起来。如果是那样，爱玛肯定会拒绝罗多尔夫的诱惑，而爱玛的生涯也会因此截然不同。肯定是这样的。她最终肯定会拒绝的。要知道，如果身上是那样子的话，除此之外是别无选择的。而且，这绝不是喜剧。其实，女人的一生是由当时的发型、衣服的图案、犯不犯困等身体的细微状况决定的，所以曾有保姆因困得厉害而掐死在背上吵闹的小孩。特别是这样的脓包，不知道会怎样逆转女人的命运，扭曲浪漫的故事。在即将新婚的前夜，如果突然冒出这样的脓包，不等你反应过来便蔓延到胸部和四肢，会怎么样呢？我想，这种事是可能发生的。唯独脓包真的防不胜防，是取决于天意的东西。

我从中感觉到天的恶意。在横滨码头，兴高采烈地迎接五年不见的丈夫回国。就在焦急等待的节骨眼上，眼看着脸上的重要部位出现了紫色的脓包。一摸它，那个原本兴奋不已的年轻夫人竟变成了惨不忍睹的岩石。这样的悲剧也是可能发生的。男人倒是对脓包什么的不以为然，但女人是靠皮肤活着的。如果有女人加以否定，那她肯定是在说谎。福楼拜什么的，我所知甚少，但感觉他是个缜密的写实家。当查理要亲吻爱玛的玉肩时，爱玛高叫着“不要！衣服会皱的”拒绝他。既然有如此周密细致的观察能力，那为什么就不能写写女人患皮肤病的痛苦呢？兴许那是一种男人所难以理解的痛苦吧？或者像福楼拜这样的人，其实对此早就了然在心，但因为太过污秽，不能称其为浪漫故事，所以才视而不见、敬而远之的吧？不过，敬而远之未免太过狡猾，真的，太狡猾了。在结婚前夜，或是与五年不见、日夜思念的人重逢之际，突如其来地冒出了脓包，如果是我，我宁愿死掉。宁愿离家出走，要么堕落，要么自杀。要知道，女人是仅靠一瞬间的美丽欢愉而活着的，才不管它明天会怎样……

门悄悄打开了，他露出一张松鼠似的小脸，用眼神问我：“还没到吗？”我有些轻佻地朝他挥了挥手。

“喂，”我的声音听起来粗俗而尖厉，有些忘乎所以，于是，我缩起肩膀，尽可能压低嗓音继续说道，“喂，当认定明天管它怎么样都无所谓时，你不觉得，这是女人最显出女人味的时候吗？”

“你说什么？”他有些惶然无措。见状，我笑了。

“是我嘴笨没说好吧？所以你不懂。不过，没什么了。就在我坐在这里的时候，不知为什么，总觉得整个人变了似的。觉得总不能待在这样的底层里。我因为很软弱，所以很容易被周围的氛围所影响和驯服。我变得很粗俗。整个心越来越低贱、堕落，就好像……好了，不说了。”我欲言又止，噤口不语了。就好像卖春妇——我本想说这个词的。这是一个女人永远忌讳说出口的词，而且是每个女人都肯定曾一度受它烦扰的词语。当彻底失去了自矜时，女人必定会想到它。我懵然察觉到，在长了这种脓包后，自己的心也变成了恶魔。以前我口口声声说自己是丑女，伪装成没有自信的样子，却悄悄对自己的皮肤，对，唯独对它呵护有加。如今我知道，它曾是我唯一的骄傲。也发现，我曾引以为豪的谦卑、节俭、忍让等，都是格外不靠谱的赝品，实际上，我也不过是一个只凭知觉和触觉而忽喜忽忧，瞎子般生活着的可怜女人。不管知觉和触觉多么敏锐，都不外乎是动物的本能，而与智慧毫不搭界。说穿了，不过就是个愚蠢的白痴。我清醒地看穿了自己。

我错了。就算这样，我还把自己纤细的知觉视为高尚的东西，误以为那是一种聪明，以此来安慰自己。难道不是吗？结果，我还不是个愚蠢的傻女人。

“我想了好多好多。我真是个浑蛋。我从骨子里都疯了。”

“那也难怪。我懂的。”他就像是真的懂一样，露出聪明的笑容，回答道，“喂，轮到我们了。”

在护士的带领下，我们进了诊疗室。解开腰带，再索性直接露出了肌肤。瞥了一眼自己的乳房，我看见的是石榴。比起被坐在眼前的医生看见，倒是被站在后面的护士看见，更让我难堪几十倍。在我看来，医生是没有人的感觉的，就连对他脸的印象也是模糊的。医生也不把我当人看待，到处摸弄着。

“是中毒。吃了什么不好的东西吗？”他用平静的声音说道。

“会治好吧？”他替我问道。

“会治好的。”

我迷迷糊糊的，就仿佛身在另一个房间里听着他们的对话。

“老是一个人抽抽噎噎地哭着，实在看不下去了。”

“马上就会好的。打一针吧。”

说着，医生站了起来。

“不是什么麻烦的病吧？”是他在问。

“当然啦。”

打完针以后，我们走出了医院。

“这不，手上已经好了。”

我把双手举向阳光，仰头眺望着。

“高兴吗？”

听他这么一说，我突然觉得怪难为情的。

蟋蟀

我要和你分手。你满嘴都是谎言。兴许我也有不对之处。但我确实不知道，自己到底哪里不对。我已经二十四岁了。到了这把年纪，就算说我哪里不对，也没法改变了。除非死去后再像耶稣基督那样复活，否则是根本改不了的。可我也知道，自杀乃头号的罪恶，所以我要和你分手，按照我认为正确的活法，试着努力活下去。我觉得你很可怕。在这个世界上，没准儿你的活法才是正确的，但于我而言，怎么也没法那样做。嫁给你都快五年了。记得是十九岁那年春天与你相亲的，然后就只身跑到你身边来了。到今天我才说，当时，我父母都是拼命反对这门亲事的。还有弟弟也是，那时他还刚进大学，露出一副不以为然的表情，有些少年老成地问我："姐姐，真的不要紧吗？"因为怕你不高兴，一直憋到今天我都没有说，其实那时候，我还另外谈过两门亲事。尽管如今记忆都模糊了，但据说其中一个是帝国大学毕业的少爷，志向是当一名外交官什么的。我还看过他的照片，长着一副像是乐天派的开朗面孔。这是池袋的大姐给介绍的。另一位则就职于我父亲的公司，是个接近三十岁的技师。因为是五年前的事，所以也记得不真切了，不过，据说是一个大户人家的长男，人也很踏实靠谱。好像很受我父亲的赏识，所以父母都巴不得促成这门亲事。印象中，应该是没有看过他的照片。尽管这些事怎么着都是无所谓的，但因担心被你笑话，搞得心里不舒服，所以才把记忆中的事都抖搂了出来。之所以告诉你这些陈年旧事，绝不是为了故意跟你过不去或者别的什么。这一点请你务必相信。否则，我就为难了。我从未有过不贞的念头，比如愚蠢地认为，要是嫁给其他人就好了之类的。除了你之外的其他人，我是难以想象的。如果你又像往常那样一笑了之，我会感到很难过的。我是一本正经地在跟你说话，就请听我说完吧。不管是那时，还是现在，我都没有半点意思要和你以外的其他人结婚。这一点是铁板钉钉的。从孩提时代起，我最讨厌的就是磨磨蹭蹭。当时，父母和池袋的大姐都想方设法劝我去相亲，说也就是先见个面而已，但在我心目中，相亲跟婚礼是一码事，所以没有贸然答应。因为完全无意和那个人结婚。如果真像大家说的那样，对方是一个无可挑剔的人，那么，即便没有我，不也同样有很多其他好女孩在等着他吗？因此，总觉得提不起劲来。我想嫁给这样一个人，在这个世界上（我这样说，没准儿又会被你笑话）除了我，就没有谁肯嫁给他。我就这样懵里懵懂地想着。恰好这时，有人说到了你。因为提亲的方式很不礼貌，惹得父母一开始就很不痛快。提亲的是古董商但马先生，当时他到父亲的公司来卖画。在像往常那样饶舌了一番后，他突然话题一转，开了个不够庄重的玩笑："这幅画的作者日后必成大器。将府上的千金下嫁给他，如何？"父亲听了根本就没放在心上，只是买下那幅画，挂在了公司会客厅的墙壁上。两三天之后，但马先生又来了，这次是来正式提亲的。父母感到很唐突，惊讶地说道："这也太不庄重了。如果说担任说客的但马先生有失体面，那么拜托但马先生的那个男人就更是……"事后我才从你那里得知，这一切你事先并不知情，都是但马先生出于朋友的忠诚而自作主张的。真是有劳但马先生了。如今，你能出人头地，也是托但马先生的福哪。是的，他真是抛开了生意经全身心地帮你。也就是说，他是看准了你这个人。今后也千万别忘了但马先生哟。当时，我听到但马先生那莽撞的请求，尽管有些吃惊，却很奇怪地想见见你了。总觉得有种莫名的兴奋。有一天，我悄悄去父亲公司看你的画。这件事，我曾经告诉过你吧。我装着找父亲有事的样子，走进会客厅，独自静静地欣赏着你的画。那天天气很冷。我站在没有生火的宽大会客厅的角落，一边直打着哆嗦，一边看你的画。那幅画上画着小小的庭院和向阳的套廊。套廊上没有人，却放着一个孤零零的白色坐垫。是一幅只由蓝、白、黄三色组成的画面。看着看着，我哆嗦得更厉害了，几乎再也站立不住。我当时就认定，这幅画除了我是没有人懂的。这可不是乱说，你千万别笑话。看见那幅画之后，有两三天时间，不论昼夜，我的身体都战栗不止。我琢磨着，无论如何，自己都只能嫁给你了。说来怪轻浮的，让我害羞得仿佛整个身体都在燃烧，但还是去央求了母亲。母亲露出了很不情愿的表情。但我决心已定，不肯罢休，就自己直接答应了但马先生。但马先生说了声“太好了”，就起身站了起来，不曾想绊在椅子上摔了一跤。尽管如此，我和但马先生都一笑也没笑。那以后的事，想必你也是清楚的吧。在我们家，随着时间的流逝，对你的评价也越来越糟糕。比如，说你瞒着你父母，从濑户内海的家乡跑到东京来了，你的父母自不用说，就连亲戚全都对你冷眼相看；说你喜欢喝酒；说你的画作从未在展览会上展出过；说你好像是个左翼分子；还有，怀疑你是否真的是从美术学校毕业的……也不知道是从哪里调查到的，反正父母给我讲了各种各样的事情，来斥责我，来阻止我。不过，在但马先生热心的斡旋下，我总算决定去相亲了。记得那天我和母亲一起来到了千疋屋的二楼上。你就跟我想象中的一个样儿。你衬衫袖口的洁净让我一阵心动。当我端起红茶的托盘时，整个身体恍如故意捣蛋似的不住颤抖，结果，勺子在盘子上发出咔嚓的响声，让我不知所措。回到家里后，母亲更加激烈地数落起你来，说你最大的不是就是只顾着抽烟，也不怎么跟母亲搭话，还说你面相不好，未来没有希望。不过，我已经决定嫁给你了。僵持了一个月，我终于取胜了。和但马先生商量之后，我什么也没带就只身跑到了你那里。对于我来说，没有比在淀桥公寓里度过的那两年更快乐的时光了。每天每天，脑海里都满是明天的计划。你对什么展览会和所谓名家的名字漠不关心，只随性地画些喜欢的画。越是贫穷，我就越是心中暗喜，莫名地兴奋，对当铺和旧书店抱着一种遥远回忆中的故乡似的亲近感。当真的身无半文时，可以尝试自己所有的力量，觉得干劲十足。要知道，越是没有钱的时候，饭菜就越是美味，越是幸福。我不是接连发明了各种好吃的料理吗？可现在，已经不行了。什么想要的东西都可以轻易买来，一想到这个，便不再有任何幻想了。即使去逛市场，我也只感到一片空虚。我只是把隔壁大婶们要买的东西也同样买回来而已。你突然间声名鹊起，于是，我们就从淀桥的公寓搬出来，乔迁到了三鹰的这个家里。但从那以后，我们就再也没有任何快乐的事了。我也失去了一展身手的空间。你突然变得能说会道，对我也是更加呵护了，但我觉得自己就像是被豢养的小猫，总是很困扰。我没想到你会在这世上立身成名，一直认为，你到死都会一贫如洗，只会随性地画一些想画的画，被世间的人们所嘲笑，却若无其事，不向任何人低头，只偶尔喝点喜欢的小酒，不被俗世所玷污地度过一生。莫非是我太傻了？不过，不管是那时还是现在，我都相信：在这个世上，必定存在着一两个那样的美丽之人。我暗自想，因为其他任何人都看不见他额头上的月桂树冠，他会受尽委屈，也没有人愿意嫁给他来照料他，所以我要嫁给他，伺候他一辈子。我一直以为，你就是那个天使。还认为，只有我知道这一点。但结果如何呢？不承想你突然变得伟大起来。不知为什么，我觉得羞愧得不得了。

我并不是憎恶你的成名。当我知道，越来越多的人一天天爱上你那悲凉得几近神秘的画作之后，每天夜里我都在感谢神灵，高兴得想哭。在淀桥公寓的两年里，你兴之所至地画着你喜欢的公寓后庭，或是新宿深夜的街道。当身无半文时，但马先生就会登门造访，作为两三幅画作的报酬，给我们留下足够的钱。但那时，看见自己的画被但马先生拿走，你的脸上会露出无限落寞的神色，对钱什么的漠不关心。每次但马先生来，都会悄悄把我叫到走廊上，无一例外地先说一声“请笑纳”，一本正经地行个礼，然后把一个白色信封塞进我的腰带里。你常常是一副不知情的样子，而我也做不出那种马上翻看信封内容之类的粗俗行为。因为我觉得，钱没有就没有吧，总能想到办法的。关于信封里装了多少，我也从未向你报告过。因为我不想玷污你。真的，我从没想过要你去赚钱，要你去出名。是的，一次也没有想过。我一直认定，像你这种笨嘴笨舌而脾气又暴躁的人（对不起，这样说你），是不可能有钱，也不可能出名的。但这一切都只是外表而已。为什么？为什么？

从但马先生来商量个人画展的时候起，不知为什么，你变得注意打扮，还开始定期去看牙医了。原来你虫牙很多，笑起来就像个老头子，但你毫不介意。即便我劝你去看牙医，你也总是半开玩笑地说："等牙齿全掉光了，就去整个镶假牙好啦。到时一口闪光发亮的金牙，惹得女孩子都来喜欢，也只能认命了。"你就这样搪塞着，从不打算去打理牙齿。可不知是吹来了哪股风，你居然不时趁工作的空闲溜出去，换上一两颗金牙回来了。"喂，你笑起来看看！"我这样一说，你满是胡须的脸顿时羞得通红，难得用怯生生的语气辩解道："都怪但马这家伙天天撺掇。"个人画展是在我来淀桥后的第二年秋天举办的。我真是太高兴了。能让更多的人爱上你的画，凭什么不高兴呢？不过，我是有先见之明的。报纸上那样一味赞美你，展出的画也被一抢而空，甚至有名的画家也写信过来，可我总觉得，这一切太过美妙了，反倒有种害怕的感觉。尽管你和但马先生都叫我去画展现场看看，但我浑身哆嗦，只顾着在家里打毛线。你的画二十幅、三十幅地整齐排列着，被很多人观赏——仅仅是想象着这一幕，我也差点儿泪流满面。如此美妙的事情来得这么早，肯定会有什么厄运发生的。我就这样想着。每天夜里，我都向神灵认错，并在心里祈祷："幸福仅此已经足够了，所以从今以后，求您保佑他，不要生病，不要有什么坏事发生。”而你呢，每天晚上都在但马先生的邀约下，四处到各个名家的府上去寒暄。虽说也有过隔天早晨才回家的时候，但我也并没有觉得什么。只是你会给我详细描述前一天晚上的事情，比如某某老师如何如何、纯粹是个浑蛋等，一点不像那个沉默寡言的你，竟开始说起很多无聊的事来。那之前，我已经和你在一起生活了两年，从没听你搬弄过别人的是非。不管某某老师如何，你不一直都是唯我独尊的态度，一副漠不关心的样子吗？还有，你那么说，无非是想拼命告诉我，前一天晚上你并没有做什么亏心事。其实，你不用那么心虚地绕着圈子来辩解，我也不是一无所知地活到今天的，所以你还不如摆明了告诉我的好。就算我痛苦一两天，但过后倒还轻松些。反正我都是你一辈子的老婆。在那些方面，我是不太相信男人的，当然也不会胡乱猜忌。如果是那种事，我一点也不担心，能够笑着忍过去，倒是有另一些事情让我更加难过。

我们突然之间成了有钱人。你也变得格外忙碌了。还被邀请加入二科会〈1〉，成了会员。于是，你开始对公寓的房间太小觉得难为情了。但马先生也三番五次地来催我们搬家，还授以可恶的

〈1〉 二科会：日本美术家团体之一，以举办的“二科展”而知名。

秘诀："住在这样的公寓里，会影响社会上的信誉。最重要的是，画价永远也涨不上去。不如豁出去，租一个更大的房子吧！"听到这么一说，你也附和道："对呀，没错。住在这样的公寓里，人们会小看你的。"因为你连声说些粗俗的话，让我感到很讶异，顿时变得好落寞。但马先生骑着自行车四处奔走，帮我们找到了三鹰的这个家。年末时，我们带着不多的几样家具，搬进了这个老大老大的房子。在我不知道的时候，你去百货公司买下了好多漂亮的家具。等那些家具一件件送到的时候，我的胸口一阵发堵，随即被一种悲哀攫住了。因为这和随处可见的那些暴发户没什么两样。但我觉得这样对不住你，一直拼命假装高兴地闹腾着。不知不觉间，我也变成了那种讨人厌的"太太"。你甚至还说要雇一个女佣，唯独这一点，我死活都没同意。我没法去使唤别人。搬来这里后，你马上就印制了三百张贺年卡兼搬家通知书。对，三百张！什么时候，你结交了那么多朋友？我觉得，你开始走在非常危险的钢丝绳上了，让我很害怕。不久，肯定会发生不好的事情。你不属于那种依靠庸俗的交际来获得成功的人。想到这里，我就不禁胆战心惊，忧心忡忡地过着每一天。可是，你非但没有遭受挫折，反而好事连连。难道是我错了？我母亲也开始偶尔来看我们了，还每次都带来和服、储金簿之类的东西，俨然心情大好。父亲一开始很讨厌公司会客厅里的画，甚至把它收进了公司的储藏室里，据说现在却把它带回家里，还换了个漂亮的画框，挂到了书斋里。池袋的大姐也写信来，让我好好加油。家里也开始高朋满座了，客厅常常人满为患。这种时候，你那爽朗的笑声常常传到厨房里。你现在变得喜欢说话了。以前你是那么沉默寡言，所以我一直认定，你什么都心知肚明，只因觉得一切都很无聊，所以才保持缄默的。但现在看来，并非如此。你在客人面前口如悬河地说着百无聊赖的事情。而且，还把前一天才从客人那里听到的画论照搬过来，当作自己的高见煞有介事地说出来。当我把自己读过小说后的感想告诉你，第二天你就原封不动地套用我的愚见，装模作样地对客人说："其实，就连莫泊桑也对信仰抱着敬畏之心呢。"有时候，我走进客厅去给客人沏茶，正好听到你这么说，顿时羞愧得停住了脚步。原来你以前是什么都不知道的，对吧？对不起！其实，我也一无所知，但我相信，至少我还有自己的话语。可你呢？要么一言不发，要么只会模仿别人说话。尽管如此，你却神奇地获得了成功。那年你在二科展上的画还得了报社的大奖，以至于报纸上充满了令人汗颜的溢美之词。孤傲、清贫、思索、忧愁、祈祷、夏凡纳〈1〉等诸如此类的词语全都用在了你身上。后来，你对客人说起那家报纸的报道时，居然大言不惭

〈1〉 夏凡纳：即皮维·德·夏凡纳（Puvis de Chavannes，1824—1898），法国象征主义画家，主要作品有《贫穷的渔夫》等。

地说："还算道出了部分真实吧。"唉，你都在说些什么呀？其实，我们并不清贫。要我给你看存折吗？自从搬到这个家，你就像变了个人一样，常常把钱挂在嘴上。一旦有客人托你作画，你肯定会大模大样地提到价格。"事先说清楚比较好，可以避免事后麻烦，让大家保持融洽的气氛。"你就这样对客人说道。我在一旁偶然听到这话，觉得浑身不舒服。为什么对钱那么执着？在我看来，只要创作出好的画，生活自然会有办法的。好好工作，默默无闻，过贫穷而节俭的生活，没有比这更惬意的事了。我对金钱或别的什么都没有欲望。我希望内心秉持遥远而宏大的自尊，悄悄地活下去。你甚至开始察看我的钱包了。一旦有钱进来，你就会把钱分成两份，放进你的大钱包和我的小钱包里。你的钱包里装的是五张大纸币，而我的钱包里，则是一张叠了四折的大纸币。剩下的钱则会全部存进邮局或银行。我总是在一旁看着。若是我忘了给放存折的抽屉上锁，被你看见了，你会很不高兴地抱怨我，让我感到心灰意冷。一旦你去画廊收钱，一般都是第三天才回来。即便这样，还是在深夜酩酊大醉后回来，嘎吱嘎吱地打开玄关门。刚一进屋子，你就净说些让人悲哀的话题："喂，还剩了三百日元呢。你数数看！"因为是你的钱，不管用多少，不都无所谓吗？我知道，为了消愁解闷，有时候也会想潇洒地挥霍一下吧。难不成你以为，把钱用光了，我会很沮丧？尽管我也知道金钱的宝贵，却并不是只想着它而活着的。剩了三百日元，就那么得意扬扬地回来，你的这种心理让我备感凄凉。我一点也不想要钱。我也不想买什么，吃什么或者看什么。家里的用具大多是利用的废物，和服也是重新染色和缝制的，没有买一件。我总能想办法对付过去。就连手巾架，我也不想买新的。因为太浪费了。你时常带我去市内，请我吃昂贵的中华料理，但我一点也不觉得好吃。总觉得于心不安，有些心惊胆战。我是真心觉得太浪费，好可惜。比起三百日元，比起中华料理，倒是你在这个家的后院给我搭一个丝瓜架，不知会给我带来多么大的喜悦！因为八铺席房间的套廊正当强烈的西晒，如果搭一个丝瓜架，肯定会很有用。我那么求你，你都只是说“不如叫个园丁来吧”，不肯亲手帮我做。“叫园丁来”——这种模仿有钱人的做法，我是真心讨厌。本来是想请你做的，结果你总是说“好的，明年吧”，结果拖到今天也没有做。在自己的事情上，你总是大肆挥霍；在别人的事情上，你却总是佯装不知。曾几何时呢？你的朋友雨宫先生为夫人的病而犯愁，前来找你帮忙，结果你故意把我叫到客厅里，一本正经地问我，现在家里有钱吗？我都说不上是可笑还是愚蠢，十分窘迫。正当我红着脸，不知所措时，你用一副揶揄的口吻说道：“别藏着掖着了，就在那边到处找找吧，总会找出二十日元来吧。”我真是吃了一惊。仅仅二十日元。我重新打量着你的脸。你用一只手来推开我的视线，说道：“好啦，就算你借给我吧。别那么小气。”说完，你又转身面对雨宫先生，笑着说道：“彼此彼此了。这种时候嘛，贫穷总是不好受的。”我讶异得什么都不想说了。说到清贫，你其实并不清贫呀。而说到忧愁，瞧你身上，哪里还有它美丽的影子？不如说你是个任性的乐天派。每天早晨，你不是都在盥洗间里大声哼着俗气的小曲吗？我在附近羞愧得不得了。说到祈祷，说到夏凡纳，这些词用在你身上，真是给活生生地糟蹋掉了。说到孤傲，难道你没发现，你总是生活在一群吹捧你的喽啰中间？你被光临寒舍的客人们尊称为老师，把这个那个的画全都批得体无完肤，扬言说没有任何人走的是与你相同的道路。我认为，如果你真那么想，就用不着靠大肆贬低别人，来换取客人的赞同了。你是那么急于想赢得客人的赞同，哪怕只是当场一时的东西。这还算什么孤傲？其实，就算不能让每个来客都心悦诚服，又有什么呢？你是个喜欢撒谎的骗子。去年，你从二科会退出，结成名叫什么新浪漫派的团体时，你知道我有多么悲哀吗？因为你是把背地里遭你嘲笑和轻蔑的一帮人集结起来，建立了那个团体。你简直没有定见。莫非在这个世界上，你那样的生存方式才是正确的？当葛西先生来访的时候，你们凑在一起大说雨宫先生的坏话，又是愤慨，又是数落，可一旦雨宫先生来了，你又大献殷勤，说什么“我的朋友还是只有你”。你说得饱含感激，根本听不出是在撒谎。然后，你又开始抨击葛西先生的态度。世上所谓的成功者，难道都干着和你一样的勾当？居然还能一帆风顺，节节高升。我感到不胜恐惧，也不得其解。肯定会发生不祥之事的。那就发生好啦。为了你，也为了证明神的存在，我在内心深处的某个地方祈祷着，祈祷某件不祥之事的发生。但不祥之事没有发生。一件也没有发生。仍旧是好事接踵而至。你那个团体的首届展览会竟然好评如潮。我还听说，你那幅菊花图被观众誉为心境澄明，散发着圣洁的爱情的馥郁芬芳。怎么会这样呢？我感到太不可思议了。今年的正月初，你第一次带我去大名鼎鼎的冈井老师家拜年。他也是你画作最热心的支持者。尽管他是一个那么有名的大家，却住在比我们家还窄小的房子里。仅凭这点，我就觉得他是个真正的大家。他身体胖胖的，有种稳如泰山的感觉，他盘着腿，透过眼睛仔细打量着我。那真的是一双孤傲之人的眼睛。就像在父亲公司那间寒冷的会客厅里初次见到你的画时一样，我的整个身体直打哆嗦。老师很随意地聊些单纯的话题。他边看着我，边半开玩笑地说："哦，真是个好夫人。想必是武家出身吧。"不料你却一本正经而又不无炫耀地回答道："嗯。内人的母亲是士族。"听着，我出了一身冷汗。母亲怎么变成士族了？父亲也罢，母亲也罢，都是地地道道的平民。要不了多久，你就会在别人的吹捧下，说什么"这家伙的母亲是华族"了吧。就连老师都没有看穿你全部的谎言，这真是奇怪。难道整个世界都是如此？"想必你近来工作很辛苦吧？"老师这样说着，不停地安慰你。可我的脑海里浮现出了你每天早晨在盥洗间哼着粗俗小调的情景，差一点就要笑出声来。走出老师家不到一条街远的地方，你就用脚踹着沙砾，骂道："切！就知道对女人甜言蜜语！"我吓了一跳。你太卑劣了。刚才还在老师面前作揖打躬的，现在转身就说起了坏话。你是个疯子。从那时起，我就想和你分手了。再也无法忍耐了。你肯定是错了。我暗自想，就来点什么灾厄吧。但依旧没有发生灾厄。你甚至把但马先生一直以来的恩典也给忘在了脑后，对朋友说什么"但马这个浑蛋又来了"云云。而但马先生似乎也知道了，竟主动笑着说："但马这个浑蛋又来了哟。"还边说着，边慢吞吞地从门口进来。算了，你那些朋友的事，我真的是彻底搞不懂了。人的尊严都去了哪里？我要和你分手。我仿佛觉得，你们全都搅和在一起嘲笑我。前几天，你在广播上谈论什么新浪漫派的时局意识。当时，我正在茶室读着晚报，突然间收音机里播出了你的名字，接着就传来了你的声音。我觉得，那俨然就是别人的声音。是多么浑浊而不洁的声音啊！我想，这真是一个可恶的人。我得以从远处来批判你这个男人。你，只是一个凡夫俗子。从今以后，还会继续出人头地吧。真是无聊。"我之所以有今天……"听到这里，我一下子掐断了开关。你把自己想成什么了？赶快感到羞耻吧！"我之所以有今天"——这种可怕而愚蠢的话语，请你再也不要说了。啊，你早点摔一跤，跌在地上就好了。那天夜里，我早早地睡了。关了灯，一个人仰躺着，听见有只蟋蟀在我背后拼命地叫着。虽然是在地板下叫着，但位置就在我背部的正下方，仿佛蟋蟀是在我的脊椎里叫着似的。我想把这小小的、幽幽的声音存放进我的脊椎里，一生不忘地活下去。我也想过，或许在这个世界上，你是对的，而我是错的，但我怎么也闹不明白：我究竟错在哪里，又怎么错了？

阿赞

一

就像个丢了魂的人一样，他悄无声息地从玄关溜了出去。当时我正在厨房里拾掇着晚饭后的餐盘，隐约从身后察觉到了他的行踪。倏然间，一种悲凉感涌上心头，我差点儿打落手中的盘子。我不禁叹息了一声，然后微微伸展着身子，从厨房的格子窗朝外面望去，只见丈夫穿着褪了色的白浴衣，身上缠了条细细的腰带，沿着爬满南瓜藤蔓的篱笆小路，翩然浮游在夏日的夜色里，就恍如幽灵一般，压根儿不像是这个世上的活人。那背影看起来好凄清、好落寞。

“爸爸呢？”

七岁的长女正在庭院里玩耍，她边用厨房门口的铁桶洗脚，边随口问我道。说到这闺女，显然仰慕父亲要多于母亲，每天夜里都会在六铺席的房间里，把自己的被褥与父亲的被褥并排而放，睡在同一顶蚊帐里。

“去寺庙了。”我随口敷衍道。可刚一说出口，就觉得自己像说了什么特别不吉利的话一样，感到不寒而栗。

“去寺庙？干吗呀？”

“这不是盂兰盆节吗？所以呢，爸爸就去参拜寺庙了。”

谎言就这样不可思议地脱口而出。这一天也正好是盂兰盆节期间的十三号，隔壁家的女孩子都穿着漂亮的和服，走到自个儿家的门口，神情得意地摆动着和服的长袖。唯独咱家的孩子因好的和服都在战争中给烧掉了，所以就算是盂兰盆节，也还是跟平常一样，穿着粗陋的洋服。

“是吗？会早点回来的吧？”

“唔，这可说不准。雅子要是乖乖的话，说不定就能早点回来了。”

话是这么说，但看样子，丈夫今晚肯定又在外面过夜了。

雅子登上厨房，然后向三铺席房间走去。她有些落寞地坐在房间的窗边，眺望着外面。

“妈妈，雅子的豆子开花了哟。”

听她这么喃喃低语，我心疼得满眼泪花。

“喂，让我看看。哎呀，还真的是耶。很快就会结很多豆子的。”

玄关旁边有块十坪[1]大小的田地，以前我曾在那里种过各种各样的蔬菜，但自从生了三个孩子，就根本无暇顾及它了。过去丈夫也不时会帮我做点农田活的，可最近他对家里的事根本就是不闻不问。邻居家的那块地被她丈夫打理得有板有眼，种了各式各样的蔬菜。而咱家的地里却杂草丛生，相比起来，真是令人汗颜。雅子把配给的豆子埋了一粒在土里，还浇上水，不承想它竟发出了新芽。对于什么玩具也没有的雅子来说，那可是她引以为豪的唯一财产，所以去邻居家玩时，她也会毫不害臊地到处吹嘘说“咱家的豆子，豆子”。

落魄。寂寞。不，在眼下的日本，这已并不限于咱家。特别是居住在东京的人，无论谁看起来都无精打采、失魂落魄，艰难而缓慢地四处游走。尽管我们的所有东西都被焚烧一尽，每件事都让我痛感自身的潦倒，但眼下我最苦恼的，还远不是这些，而是作为这个世上的人妻所面临的某件最痛苦的事态。

说来，我丈夫已在神田一家很有名的杂志社供职了近十年，

〈1〉 坪：日本土地或建筑面积的单位，1 坪约合 3.3 平方米。

是八年前与我很平凡地相亲结婚的。说来，从那时候开始，在东京可供出租的房屋就越来越少了，我们好不容易在中央线郊外找到了一栋位于农田中央、看似独立的小租屋，一直在那里住到大战爆发为止。

丈夫因为身体孱弱，算是逃脱了军队的召集和征用，每天平安无事地去杂志社上班，但随着战事日渐加剧，因为我们居住的这个郊外城镇上有家飞机制造工厂，所以咱家附近也接二连三遭到了炸弹的袭击。有天晚上，终于有一颗炸弹落在了背后的竹林中，结果厨房、厕所和三铺席房间都被炸得一塌糊涂，一家四口（当时除了雅子，长男义太郎也已出生了）不可能再继续住在那栋半毁的房子里，于是，我和两个孩子就疏散去了我的老家青森市，而丈夫则独自住在家中那个六铺席房间里，继续到杂志社上班。

不过，就在我疏散到青森市不到四个月时，青森市也遭到了空袭和火灾。我们花了九牛二虎之力才搬运到青森的行李，也全被焚毁殆尽，只剩下身上这套衣服得以幸存，真的是狼狈透顶，只好去投奔青森市内没有被烧掉的朋友家，内心就像看见了地狱一般惊惶无措。这样寄人篱下有十天左右吧，日本便无条件地投降了。我好怀念丈夫所在的东京，就带着两个孩子，一副行乞的模样回到了东京。由于没有地方可以搬去，就找木匠把被毁了一半的房子大致修葺了一番，好歹算是又回到了过去四口之家那种水乳交融的生活。可刚刚松了口气，不料丈夫身边出现了变故。

由于杂志社也遭了灾，再加上公司董事之间因资本问题发生了纠纷，导致杂志社被解散，丈夫也成了失业人员，但因为长年在杂志社供职，所以在这个圈子里也算结识了不少朋友，就和其中有实力的几个人共同出资，重新开办了一家杂志社，试着出版了两三种书。但由于纸张采购困难等原因，他们的出版业务出现了很大的亏损，丈夫也背上了大量的债务。为了还清债务，他每天都神思恍惚地出门，到黄昏才拖着疲惫的身体回到家里。他原本就是个少言寡语的人，从那阵子起更是一声不吭，最终好歹填平了出版社的亏损，但再也无力做任何工作。尽管如此，也不是整天都待在家里，他貌似总在思量着什么，常常呆呆地伫立在套廊上，一边抽烟，一边眺望着遥远的地平线。啊，又开始了。每当我这样担心时，他就会发出像是万般无奈的深深叹息，把没有吸完的烟头顺手扔到庭院里，再从抽屉里掏出钱包揣进怀中，然后像个丢了魂的人一样，悄无声息地从玄关溜出去。不用说，当晚他大都会在外面留宿。

他曾是个好丈夫，一个温柔的丈夫。酒量也就是日本酒一合、啤酒一瓶左右的样子。尽管也抽烟，但量并不大，政府的配给也基本够他凑合了。虽说我们结婚都快十年了，但在这期间，他从未跟我动过粗，也从未对我口出秽语。记得唯有一次，有客人来找丈夫，当时，雅子也就三岁左右吧，她爬到客人旁边，打翻了客人的茶杯，结果丈夫就使劲叫我，我却因在厨房里啪嗒啪嗒地扇着炭炉没有听到，所以也就没有搭理。当时丈夫铁青着一张脸，抱着雅子就进了厨房，把雅子放在地板上，用杀气腾腾的眼神瞪着我，好一阵子都呆立在那里，一言不发。过了一会儿，他突然转过身，背对着我朝房间那边走去。唰！他发出像是穿透我骨髓深处的尖厉响声，使劲关上了房间的纸拉门。这一刻，我因男人的可怕而周身战栗。说真的，丈夫动怒的记忆，也就仅此一桩。所以，在这场战争中，尽管我也跟别人一样吃了很多苦头，但只要一想到丈夫的温柔，我就禁不住想说，这八年间，我是一个幸福的人。

（他变得好生奇怪。这到底是始于何时呢？我从疏散地青森回来，相隔四个月与丈夫再次重逢时，不知为什么，他的笑脸上总有一种卑屈的神情，而且像是在回避着我的视线，一副战战兢兢的态度。我只是把这归咎为他因独居生活的不便而消瘦了的缘故，内心感到一阵刺痛，但或许事情就出在那四个月里吧。啊，什么都别想了。越想就越只会落入痛苦的泥淖。）

反正，丈夫今夜是不会回来了。我把他的被褥与雅子的被褥并排铺好，随即吊下了蚊帐。此刻，我感到悲伤无比。

二

第二天快晌午前，我在玄关旁的水井边给今春出生的次女敏子洗尿布。这时，丈夫带着一副盗贼般的阴郁嘴脸悄悄回来了。一看见我，他就沉默着，立马低下头去，还绊了一跤，踉跄着走进了玄关。居然对我这个妻子也不由得地低下头去，想必他心里一定很难受吧。想到这里，我满心不忍，再也洗不下去了。于是站起身，紧跟着丈夫跑进了家里。

“热坏了吧？索性把衣服脱了吧。今天早晨，因为是盂兰盆节，政府特别配给了两瓶啤酒呢。已经给你冰过了，要喝吗？”

丈夫露出胆怯而虚弱的笑容。

“太好了。”此时，他的声音也是沙哑的，“那就跟孩子妈一人喝一瓶吧。”

这话很明显地是在讨好我。

“那我就陪你喝好啦。”

我过世的父亲是个大酒鬼，或许是因为这个原因，我比丈夫的酒量还大。刚结婚那阵子，和丈夫俩步行到新宿街头，走进关东煮的店铺，只要一喝酒，丈夫的脸就马上变得绯红，整个人也瘫软下来，我却什么事也没有，只感觉到有点耳鸣而已。

在三铺席的房间里，孩子们吃着饭，丈夫则光着身子，把打湿的手巾搭在肩头上，喝着啤酒。陪他喝了一杯后，我觉得自己喝怪浪费的，就没有再喝了，转而把次女敏子抱起来哺乳。从表面上看，这是一幅全家团圆的祥和画面，但总觉得漂漾着尴尬的空气。丈夫一直在逃避我的目光，而我也不得不小心翼翼地选择话题，害怕触碰到丈夫的痛处，所以很难聊起劲儿来。长女雅子也好，长男义太郎也好，似乎都敏感地察觉到了两个大人情绪上的隔膜，只是很懂事地把代替主食的馒头浸在放有甜精的红茶里吃着。

“白天的酒很醉人呢。”

“哇，果然是真的。这不，整个身体都是通红的。”

这时，我不经意地看到——一只紫色的飞蛾，正紧紧地粘在丈夫的下颚底。不，才不是飞蛾呢，记得新婚那阵子，我也有过那个……所以，乍一看到那飞蛾形状的痣，我顿时愣住了。与此同时，丈夫也好像察觉到被我发现了，显得有些张皇失措，赶紧用搭在肩头上的湿毛巾笨拙地遮住那咬痕。原来，他一开始就是为了遮住那飞蛾形状的咬痕，才把湿毛巾搭在肩上的。尽管我明白了这一点，但还是尽力佯装着什么都没有发现。

“雅子这孩子，只要和爸爸在一起，馒头吃起来都好香的样子。”

虽然这只是我半开玩笑的一句话，但总觉得听起来就像是对丈夫的一种讥讽，反而显得很尴尬和怪异。就在我的痛苦达到某种极限时，突然隔壁家的收音机播放起了法国的国歌。丈夫侧耳倾听着，自言自语似的说道：

“啊，对了，今天是巴黎的国庆节呢。”

说着，他微微一笑，然后就像半说给雅子和我听似的，继续说道：

“七月十四日，这一天呢，是革命……”

刚一开口，他又突然语塞了。一看，只见丈夫咧着嘴，满眼泪光，正强忍着不哭。接下来，他几乎是哭着说道：

“攻占巴士底监狱时，民众从四面八方蜂拥而至，从那以后，法国春天的花宴就永远，对，就永远地一去不复返了。尽管如此，还是必须得进行破坏。明知道新秩序和新道德不可能重建，可还是必须得破坏它。据称，孙文说完‘革命尚未成功’后就去世了。可所谓革命的成功，或许是永远无法达成的。但即便如此，还是必须得发动革命，革命的本质就是那样，悲伤而美丽。即便那么做毫无意义，那种悲伤和美丽，还有爱，却……”

法国国歌还在继续播放着。丈夫边说边哭了，然后露出害羞的表情，勉强发出哼哼唧唧的笑声，说道：

“我这个爸爸，酒一下肚就失态了。”

说着，他背过脸，站起身来，走到厨房用水洗着脸。

“这可不成。的确是喝多了。居然因法国革命哭了。我得去躺一下。”

说着，他朝六铺席房间走去，然后就悄无声息了。肯定是蜷缩着身子在偷偷哭泣吧。

丈夫可不是为了革命哭的。不，法国的革命或许与家庭中的恋爱是颇为相似的。为了悲伤而美丽的东西，不得不摧毁法国的浪漫王朝，还有和睦的家庭。尽管我也懂得这种痛苦，这种丈夫的痛苦，但我不也照样爱着我的丈夫吗？尽管我不是那个名叫阿赞〈1〉的女人，亦即从前那家纸铺主人治兵卫的妻子，却记得她发出过这样的悲叹：

妻子心里
住着恶鬼？
啊啊啊
还是藏着毒蛇？

面对这样的悲叹，无论是所谓革命的思想，还是破坏的思想，都摆出一副事不关己的面孔打一旁拂袖而去，只撂下妻子一人永远驻留在同一个地方，以同一副姿态，发出落寞的叹息。这究竟

〈1〉 阿赞：近松门左卫门创作的悲剧净琉璃《天网岛情死》的女主人公，其丈夫是纸铺的主人治兵卫。治兵卫与青楼女子小春坠入情网，辜负了妻子阿赞的一片深情，与小春在天网岛殉情而死。

算哪门子事呢？是否必须把命运交给上天，只是祈求丈夫恋爱风向的转变，而兀自隐忍和服从呢？我有三个孩子。就算是为了孩子，我也不能和丈夫分道扬镳。

连续两宿在外面过夜，丈夫也总有一宿要留在家里了。晚饭后，丈夫与孩子们在套廊上嬉戏着，甚至对小孩也卑屈地说些讨好的话，还笨手笨脚地抱起今年才出生的小女儿，使劲夸奖道：

“长胖了呢，还是个小美女。”

我不禁随口接着说道：

“该是很可爱，对吧？看见孩子们，你就不想活长一点？”

听我这么一说，丈夫顿时露出有些奇妙的表情。

“唔。”因为他回答得貌似很痛苦，我不禁吃了一惊，感到身体直冒冷汗。

在家里睡觉时，到了八点左右，丈夫就在六铺席房间里铺好自己跟雅子的被褥，随即吊下蚊帐，强迫还想和爸爸再玩一会儿的雅子脱掉衣服，给她换上睡衣，安排她睡下。接着，他自个儿也躺下，然后关了灯，就此休息。

我让长男和次女在隔壁四张半榻榻米的房间睡下后，做针线活到十一点左右，才吊下蚊帐，睡在了长男和次女中间。我们仨不是睡成“川”字形，而是“小”字形。

我怎么也睡不着。而隔壁房间的丈夫貌似也没有睡着，能听见他的叹息声。我也不禁发出了叹息，想起了阿赞的悲叹：

妻子心里
住着恶鬼?
啊啊啊
还是藏着毒蛇?

丈夫爬起身来，走进我睡觉的房间。我不由得僵直了身体。丈夫问道：

“喂，那个安眠药，还有吗?”

“有是有过，但昨天晚上被我吃了。不过，一点效果都没有。”

“吃多了，反而无效的。六粒左右正合适。”

他的声音貌似很不高兴的样子。

三

炎热的日子一天天地持续着。因为炎热和担忧，我感到食不下咽，颧骨明显地凸了出来，给婴儿哺乳的奶水也变得很少。丈夫也一副没有食欲的样子，眼圈也凹陷了，发出凶狠的光芒，有时候还发出哼哼哼的声音，像是在嘲笑自己。

“还不如疯掉算了，那样还轻松些。”

“我也是呢。”

“正确之人是不可能痛苦的。有一点让我特别佩服，那就是：你们干吗能那么心无旁骛，那么勇往直前？生来就想要好好活在这世上的人，和不打算这么做的人，这两种人难道不是一开始就划分好了的吗？”

“不，像我这样的人，无非是感觉迟钝罢了。只是……”

“只是什么……”

丈夫用那种像是真正发疯之人的奇怪眼神看着我。我顿时结巴起来。啊，说不出口。具体的事例太可怕了，什么都说不出口。

“只是，一看到你很痛苦，我也就很痛苦。”

“你说的什么呀。好无聊的。”丈夫如释重负地微笑着说。

此时，我突然久违地体味到了一种清凉的幸福。

（是的。只要让丈夫的心情轻松一点，我的心情也会轻松的。才不管道德，还是别的什么。只要心情轻松，那就够了。）

那天深夜，我钻进了丈夫的蚊帐里。

“没什么，没什么。我什么也没往心里去。”

说着，我躺了下去。丈夫用沙哑的嗓音半开玩笑地说：

“Excuse me! ”他欠起身来，盘腿坐在床上，连声说道，“Don't mind! Don't mind! ”

那是一个满月的夏夜，月光穿过雨窗破掉的洞眼照射进来，变成了银色的细丝。有四五道光线涌进蚊帐，停留在了丈夫那光着的瘦削胸脯上。

"不过，你可是瘦了呢。"我也笑着，半开玩笑地说道，并从床上坐起身来。

"你不也好像瘦了吗？不该操心的瞎操心，所以才会那样的吧。"

"才不是呢。所以，我不是说了吗？我什么也没往心里去。没什么。因为我可聪明着呢。只是，你得对我好一点哟。"说着，我笑了。

丈夫也笑了，露出沐浴在月光下的皓齿。老家的祖父母在我小时候就过世了，他们夫妻俩常常吵架拌嘴，每次奶奶都会这样对爷爷说，你得对我好一点哟。在我幼小的心灵里，总觉得这话怪滑稽的，所以婚后就把这事也告诉了丈夫，两个人为此大笑了一场。

当时我一跟丈夫这么说，他就笑了，但立马又换成一本正经的表情说：

"不过我倒觉得，自己是蛮疼爱你的。也不想让你挨风受雨，只想着好好珍惜你。你真的是个好人。你就别为无聊之事耿耿于怀，好好保有你的自尊，做到沉着稳重。不管什么时候，我都总是想着你的。关于这一点，就算你有再多的自信，也绝不为过。"

听他说出这种过于一本正经的、令人扫兴的话，我顿时觉得好难为情，不由得埋下脸，小声嗫嚅道：

“可是，你变了呀。”

（毋宁说，倒是被你遗忘，被你讨厌，被你憎恶，我反而轻松些、好过些。一边那么想着我，一边却搂抱着其他人——你的这种身影，将把我打入十八层地狱。

难道你不是错误地认为，男人要时刻想着妻子才是道德的吗？难道你不是认定，男人即便有了其他喜欢的人，也不忘自己的妻子，这才是好的，才是良心之举吗？一旦爱上其他人，就在妻子面前发出忧郁的叹息，开始陷入道德的苦恼之中，而拜此所赐，妻子也被丈夫的阴郁所感染，跟着他叹息连连。倘若丈夫快活而平静，那么妻子也不用陷入地狱般的心绪了。倘若爱一个人，那就把妻子忘个一干二净，坦然而专注地去爱她吧。）

丈夫用无力的声音笑着说道：

“怎么会变呢？才不会变哪。只是近来天气太热了。热得都招架不住了。夏天实在是——Excuse me! ”

因为越来越离谱，所以我也笑着说道：

“真是个可恨的人。”

说着，我做出要揍丈夫的架势，很快从蚊帐里出来，回到自个儿房间的蚊帐里，在长男和次女的中间躺下，形成了一个“小”字形。

即便仅此而已，但只要能够向丈夫撒娇，边说边笑，也足以让我高兴万分了，仿佛胸中的芥蒂也稍许融化了的感觉。那天夜里，我好久没有如此难得地什么都不想就睡到了天明。

从今以后就一切如法炮制吧，向丈夫撒个小娇，一起开开玩笑，就算是夹杂着欺骗或者其他什么也无所谓，就算态度不端正也无所谓，道德什么的也无所谓。哪怕一点点也好，哪怕一阵子也好，都希望能活得轻松些。哪怕只有一个小时、两个小时，只要是快乐的，那就心满意足了。就在我改变了想法，偶尔会掐掐丈夫，而家里也不时会迸发出高亢笑声的当口，某天早晨，丈夫冷不防地开口说，他想去温泉。

“头疼得厉害，没准儿是中暑了吧。信州的温泉附近有我的熟人，他对我说，随时来都行啊，也不用担心吃饭什么的。我想去那里静养两三个星期。照这样下去，我怕是要疯掉了。总之，我想逃离东京。”

没准儿是想逃离那个人，才去旅行的吧。我蓦地这样思忖道。

“如果你外出期间，有持枪的盗贼进屋来了，那怎么办？”我笑着（啊，悲伤的人们就常常笑），这样说道。

“那就告诉盗贼好啦，说我丈夫是个疯子。持枪的盗贼也害怕疯子吧。”

也没理由反对他出去旅行，所以我就打开衣橱，试图找出丈夫夏季外出时穿的麻纱衣服，但怎么也找不着。

我心情黯然地说：

“没有哪。怎么回事呀？莫非是家里没人时进了盗贼？”

“卖掉了。”丈夫装出一副近于哭相的笑脸。

我吃了一惊，随即强装着平静，说：

“哇，动作真是神速啊。”

“这一点可比持枪的盗贼还厉害呢。”

我寻思着，他肯定是因为那个女人，暗地里有事需要用钱才那样的。

“那你穿什么去呢？”

“一件开领衬衫就好。”

早晨才开口说要出门，结果中午就决定出发了，貌似恨不得赶快离家出走的样子。不过，在连续高温的东京，那天竟很罕见地下起了骤雨。丈夫背着背包，穿上鞋子，坐在玄关的台阶上，急不可耐地蹙紧眉头等待着雨停。

“百日红，这种花是每隔一年就会开的吧。”丈夫突然嘟囔了一句。

玄关前的百日红，今年没有开花。

“应该是的吧。”我茫然地回答道。

这便是我和丈夫最后一次夫妻间的亲密对话。

雨停了，丈夫逃也似的匆匆出门了。三天后，报纸上用很短的篇幅刊登了发生在诹访湖的殉情事件。

那以后，我也收到了丈夫从诹访的旅店发给我的信函。

“我和那个女人去死，并非为了爱情。我是一个记者。记者总是怂恿人们去进行革命和破坏，自己却从中转身逃遁，躲在一旁揩拭汗水。着实是奇怪的生物，是现代的恶魔。我无法忍受对自己的厌恶，决心主动爬上革命家的十字架。啊，记者的丑闻。这不是之前不曾有过的案例吗？倘若我的死能够促使现代的恶魔感到脸红，并开始躬身反省，那就求之不得了。”

那封信上，还写了诸如此类无聊而愚蠢的话语。莫非直到临死前，男人都必须得如此煞有介事地拘泥于所谓的意义，而装腔作势地撒谎不成？

据丈夫的朋友说，那个女人二十八岁，是丈夫以前供职的神田那家杂志社的女记者，在我疏散到青森的那段时间，就常常留宿在这个家里，还怀孕了什么的。唉，仅此而已，便高调地宣称革命来着，然后又如此这般地死去，我深切地感到，丈夫是一个很糟糕的人。

革命，是为了让人活得快乐。对于那些一副悲壮面孔的革命家，我压根儿就不相信。丈夫为什么不能更堂而皇之并更快乐地爱那个女人，从而让身为妻子的我也变得快乐呢？

说到地狱般的爱情，尽管当事人或许格外痛苦吧，但首要的是它会殃及周围的人。

轻松地转换心情，这才是真正的革命。如果能做到这一点，就理应不会有任何难题。连对妻子的心情都无法改变，这革命的十字架也未免太过残酷。带着三个孩子，在去诹访领回丈夫遗体的火车里，我与其说是因悲伤和愤怒，不如说是因这种难以置信的愚蠢而感到揪心的痛苦。

雪夜的故事

那天，一大早就下起了雪来。之前给小鹤（我侄女）缝制的裙裤已经完成，所以在放学回家的路上，我就顺路拐到中野的叔母家，把它送了过去。结果，叔母给了我两片鱿鱼干当礼物。当我抵达吉祥寺车站时，天色已经黑了，积雪深达一尺以上，而且还在不停地悄然下着。因为穿着长靴，我反倒格外亢奋，故意专挑积雪深的地方走路。来到家附近的邮筒附近时才发现，原本夹在腋下的、用报纸包着的鱿鱼干竟然不见了。尽管我是个粗枝大叶的人，但还很少弄丢东西什么的。想来，那天夜里，肯定是因为看见很多积雪而过于兴奋，所以才走着走着弄丢了的。我沮丧得不得了。尽管因弄丢鱿鱼干而垂头丧气，未免显得很小气和低俗，让人很没有脸面，但要知道，我原本是打算带回去送给嫂子的。我家嫂子今年夏天就要生宝宝了。听说肚子里怀了宝宝，是很容易饿的，因为加上肚子里的宝宝，得吃两人份的食物。嫂子与我不同，她很有修养，举止优雅，以前吃饭时就像金丝雀啄食一样，只蜻蜓点水地吃一点，也从来不吃零食的，可近来却动不动就喊饿，说这样好丢人，好想吃一些奇奇怪怪的东西。前不久吃完晚餐后，我和嫂子一起收拾打扫时，听见她小声嘀咕着“啊，嘴巴好苦呀，真想嚼点鱿鱼干”，还发出了一声叹息。我记住了她说的这句话，而碰巧那天中野的叔母给了我两片鱿鱼干，所以就满心欢喜地想着带回去悄悄送给嫂子，不承想中途却弄丢了，这叫我怎能不沮丧呢?

如你们所知，在我家，我是和哥哥、嫂子三个人一起生活的。哥哥是个性情有点古怪的小说家，虽已年近四十，但还毫无名气，日子过得紧巴巴的。他常说身体不好，总是睡睡起起，却巧舌利嘴，动辄牢骚满腹，但也仅仅是动动嘴皮子，一点也不肯帮助家务，所以嫂子不得不干男人干的力气活，真是可怜。有一天，我义愤填膺地对哥哥说：

“哥，你也偶尔拿个背包，去把菜买回来吧！别人家当丈夫的，都是那样。”

听我这么一说，他顿时紧绷着脸，说道：

“浑蛋！我才不是那种粗俗的男人呢。听好了，纪美子(这是嫂子的名字)，一定得给我记住！就算我们一家人快要饿死了，我也绝不会丢人现眼地上街去买菜。你就死了那条心吧。这可是我最后的尊严。”

虽然这决心倒是很冠冕堂皇，但哥哥究竟是为国家着想，才那么憎恨外出购物的大军，还是因自身的懒惰才厌恶外出的呢？这可就很难说了。我的父亲和母亲都是东京人，但父亲常年任职于东北山形县的政府部门，所以我和哥哥都是在山形出生的。父亲在山形去世时，哥哥大约二十岁，而我还是个孩子。当时是母亲背着我，母子仨一起回到东京的。前些年母亲也去世了，如今我和哥哥、嫂子组成了三个人的家庭，因为也没有所谓的老家，也就不可能像别人家那样，不时会从老家寄来特产什么的。再说哥哥又是个怪人，和邻居家完全没有来往，因此，诸如意外收到别人赠送的珍稀物品等一类的事情，从未发生过。哪怕只是给嫂子带回来两片鱿鱼干，她也不知会有多么开心。一想到这里，尽管有些丢脸，但还是为两片鱿鱼干惋惜不已。于是，我赶紧向右转身，沿着来时的积雪道路慢慢搜寻，但怎么可能找得到呢？要从白雪皑皑的道路上找出白色的纸包，原本就相当困难，再说雪仍旧在不停地下着，而且越积越深。尽管我已一路折回到吉祥寺车站附近，但一粒石子都没有发现。我叹了口气，重新撑好雨伞，抬头仰望着黑暗的夜空，只见雪花像成千上万只萤火虫在狂飞乱舞。真美啊，我寻思道。道路两侧的树木在白雪的重压下，沉甸甸地垂落着枝头，不时轻轻地颤动着树身，仿若在喟然叹息。啊，我觉得就像置身于童话世界一样，甚至把鱿鱼干的事情也抛在了脑后。突然，一个美妙的念头浮现在心里：就把这美丽的雪景带回去，送给嫂子吧。比起鱿鱼干，不知道这礼物要好上多少倍！执着于食物，是卑俗的。实在是丢人。

哥哥曾告诉我，人类的眼球可以储存风景。比如，盯着电灯看一会儿，随即立马闭上眼睛，眼睑的内层就会清晰地映现出电灯的影像，这就是证据。关于这一点，丹麦过去曾有这样一个传说——说着，哥哥给我讲述了下面这个短小的故事。尽管哥哥经常信口开河，一点也不靠谱，但唯独他当时讲的这个故事，哪怕是他编造的谎话，我也觉得不失为一个美妙的故事。

很早以前，丹麦的一位医生对一个遇难的年轻水手做尸体解剖，用显微镜观察他的眼球，发现其视网膜上映现着一家人团圆的和美光景，于是就告诉了身为小说家的朋友。对于这个神奇的现象，小说家给予了如下的解释：那个年轻的水手遇难后，被惊涛骇浪裹挟着，冲到了岸边。他拼命地朝上攀爬，结果正好抓住了灯塔的窗台。啊，这下好了，他想拼命地大声呼救，就朝窗户里看了看。此刻，守塔人一家围坐在一起，正要开始享用节俭却快乐的晚餐。啊，这可不行。假如我此刻发出“救命啊”的凄切叫声，那么这一家其乐融融的团圆场面就会被破坏无遗。一想到这里，他攀住窗台的指尖就倏然失去了力量。而就在这一瞬间，一股大浪席卷而来，把水手的身体冲向了浩渺的海面。是的，没错。这个水手乃这世界上最善良、最崇高的人呢。听了小说家的这番解释，医生也点头称是。于是，两个人毕恭毕敬地厚葬了这个水手的尸体。

我宁愿这个故事是真实的。即便在科学上很难成立，但我还是愿意相信它。在那个雪夜，我突然想起了这个故事，好想把那美丽的雪景也收藏进自己的眼底，带回家对嫂子说：

“嫂子，你就多瞧瞧我的眼睛吧。这样一来，肚子里的宝宝就会更漂亮的。”

前些天，嫂子微笑着，央求哥哥道：

“你就在我房间的墙上贴些美人的照片吧。我想，每天看着它们，生下一个漂亮的宝宝。”

哥哥一本正经地点着头，说：

“嗯。算是胎教，对吧。这可重要啦。”

哥哥把一张艳丽的、名叫孙次郎[1]的能面照片和一张可爱的、

〈1〉 孙次郎：日本能剧的面具之一，形象丰满漂亮，主要用于旦角戏，据称是由能面制作大师金刚孙次郎根据亡妻的形象制作而成，故得名。

名叫雪小面[1]的能面照片，并排着贴在了墙上。到此为止，哥哥干的还算是正事吧，但接着他把自己眉头紧蹙的照片也贴在了那两张能面照片中间。这下可就糟糕了。

“求你了，唯独那张照片还是免了吧。一看见它，我胸口就闷得慌……”就连一向温顺老实的嫂子也实在忍受不了了，双手合掌地恳求哥哥，才总算是把那种照片撤了下来。如果一直看着哥哥的那张照片，想必会生下一个猴子脸的宝宝吧。哥哥明明长着一张奇怪的面孔，但还自以为是美男子呢。真是拿他没辙。为了肚子里的宝宝，嫂子真的是满心希望着，眼里看到的都是这世上最美丽的东西。如果把今天的这场雪景收藏在眼底，再拿给嫂子看的话，比起将鱿鱼干作为礼物，肯定会让嫂子高兴几倍，甚至几十倍。

我打消了找回鱿鱼干的念头。回家途中，我尽情饱览着周围的美丽雪景。我已经把它们尽收眼底，不，不光是眼底，还有心底。怀着这种心情，我一回到家里，就对嫂子嚷嚷道：

“嫂子，快看我的眼睛！我的眼底装满了美丽的景色呢。”

“什么呀？怎么啦？”嫂子笑着站起身来，把手搭在我肩上，问道，“你，这是怎么啦？”

〈1〉 雪小面：日本能剧的面具之一，多用于年轻可爱的少女。

“瞧，哥哥以前不是说过吗？人眼刚刚看过的景色是不会消失的，会保存在眼底呢。”

“你哥说的话，我早就忘了。因为大都是骗人的谎话。”

“不过，唯独这个是真的。唯有这个，是我愿意相信的。所以呀，你就看着我的眼睛吧。因为我刚刚看了好多好多特别美的雪景呢。瞧我的眼睛，肯定会生出一个肌肤如雪的漂亮宝宝呢！”

嫂子露出不无怀疑的悲戚表情，一言不发地注视着我。

“喂！”这时，哥哥从旁边的六铺席房间走了出来，“与其看旬子（我的名字）那无聊的眼睛，还不如看我的眼睛呢。肯定有一百倍的效果。”

“为什么？为什么？”我觉得哥哥是那么可憎，真想揍他一拳，“嫂子说了，看到哥哥的眼睛，胸口就闷得慌。”

“不会吧。我的眼睛呀，可是看了二十年漂亮雪景的眼睛呢。二十岁以前，我一直是待在山形县的。旬子呢，在还不谙世事的时候就来到了东京，根本就不知道山形的漂亮雪景，所以看见东京这种小儿科的雪景，才会瞎起哄呗。我的眼睛看过好多好多更漂亮的雪景，是这里的一百倍、一千倍，看得我都有些腻烦了。所以不管怎么说，都比旬子的眼睛更美。”

我觉得好憋屈，真想大哭一场。这时，嫂子出来帮了我。她微笑着，静静地说：

“不过，我说他爸，尽管你的眼睛的确是多看了成百上千倍的漂亮景色，但相应地也多看了成百上千倍的肮脏景色。”

“说得对，说得对。你看过的东西，比起正面的，倒是负面的要多得多呢。所以，才会那么浑浊发黄吧。”

“有什么好嘚瑟的！”哥哥绷着生气的脸，又缩回到旁边的六铺席房间去了。

译后记：太宰治的《女生徒》及其女性独白体小说

“能与《女生徒》这样的作品邂逅，乃是时评家偶然的幸运。”〈1〉这是川端康成在《小说与批评——文艺时评》一文中对《女生徒》的褒奖之词，让人不禁觉得，1935 年围绕着第一届芥川奖的评选，在评委川端康成与候选人太宰治之间所发生的互怼风波，就恍如是一场隔世的闹剧。

据太宰治的夫人美知子回忆，太宰治于 1939 年 1 月末从甲府御崎町的家前往东京办事之后，带回了一本出自某位陌生的年轻女性读者的日记。而正是以这本记录了该女中学生从 4 月到 8 月的日

〈1〉 川端康成《小说与批评——文艺时评》，《文艺春秋》1939 年 5 月号。

常生活和心象风景的日记为素材，太宰治写出了震动文坛的中篇小说《女生徒》。从1939年1月末受赠该日记，到《女生徒》发表在同年5月号的《文学界》上，其间只有短短的两个多月，但太宰治完成了将一个女中学生的日记脱胎换骨为太宰式女性独白体小说的壮举。川端康成认为，《女生徒》堪称“将当时流行的‘意识流’手法运用得恰到好处的一种青春书写”，并同时指出，就太宰治而言，《女生徒》乃是“难得被大多数人也理解的、呈现出质朴之美的作品”[1]。

仔细品味，不难从川端康成的激赏之辞中读出某些耐人寻味的潜台词。所谓“难得被大多数人也理解的、呈现出质朴之美的作品”，暗示了《女生徒》之前的太宰文学映现在大多数人眼里的普遍印象：尽管“从中也足以看到作者的才华”，但晦涩难懂、色调灰暗，显得浮夸与造作，大有无病呻吟之虞。而这一切又显然与太宰治颓废矫情的现实生活有关，即“作者眼下的生活笼罩着讨厌的乌云”[2]。尽管川端的评选感言引发了太宰治的强烈不满，以至于不惜扬言说“这让我很不爽”，“真想捅你一刀”[3]，但我们不得不说，川端的上述感言确实道出了当时文坛对太宰治其人与其文的一般认知。

与女人情死未遂的镰仓事件、首任妻子小山初代的背叛、参加无产阶级运动又迅速转向、被老家除籍、服毒自杀未遂等一连串

〈1〉 川端康成《小说与批评——文艺时评》，《文艺春秋》1939年5月号。
〈2〉 川端康成《小说与批评——文艺时评》，《文艺春秋》1939年5月号。
〈3〉 太宰治《致川端康成》，《文艺通信》1935年10月号。

事件在太宰治心里投落下浓重的荫翳，让其小说中的主人公饱受自我撕裂的痛苦和多重罪恶意识的折磨，以至于《逆行》《二十世纪旗手》《HUMAN LOST》等作品不得不使用佶屈而流动的断片性文体来描摹其内心的错乱和挣扎。可以说，这一时期的太宰治乃是生活在自制戏剧中的演员或曰艺术家，不惜牺牲现实生活来换取艺术的灵感，并抱着记录遗书的决绝心情来书写内心的纠葛。

然而，转机就出现在其创作《女生徒》的前一年。1938 年 9 月，在井伏鳟二的介绍下，太宰治与甲府的石原美知子相亲，并于 1939 年 1 月由井伏鳟二夫妇任证婚人，与石原美知子举行了婚礼，暂时定居在甲府市御崎町，在此度过了长达八个月的静好时光，后因考虑到工作上的方便而于 9 月迁居到东京三鹰市。据美知子夫人回忆，太宰治在这里过着极有规律的健康生活，让御崎町时期成了他“一生中身心都最游刃有余的时代”[1]。换言之，依靠与美知子的婚姻生活，太宰治才得以与放浪的青春握手言别，心无旁骛地专注于写作，并一度采用自己口述、美知子笔录的方式写下了《越级上诉》等作品。

这一时期的太宰治遵从世间的成规，身为一家之主，依靠文墨苦心经营着家庭生活，不再作为艺术家，而作为生活者，得到了重生，暂时达成了艺术与现实生活的统一。显然，这一时期的他不再

〈1〉 津岛美知子《回忆太宰治》，东京：讲谈社，2008 年，第 32 页。

抱着走向毁灭的心情，而为了脚踏实地地活下去，开始创作出一系列明朗而健康的作品。

《女生徒》就诞生于这一幸福而明朗的御崎町时期，与《满愿》(1938)、《富岳百景》(1939)等一起，乃是昭示太宰治文学由内心错乱的前期向明朗健康的中期〈1〉发生转变的重要作品。《女生徒》中"我"的思绪从现实到梦想，又从梦想回到现实的循环往复运动，恰好印证了太宰治这一时期微妙而平和的心境，于脆弱中透着坚强，于多愁善感中透着豁达与开朗，从而与前期作品中的绝望和颓废大相径庭。所以，《女生徒》甫一发表，不光是川端康成，甚至整个评论界，都对它好评如潮，认为"近来的作品中，《女生徒》乃最为出色者"〈2〉。在一片赞美声中，翌年推出的同名小说集当之无愧地荣膺了1940年度北村透谷奖。

不得不说，《女生徒》的成功，在很大程度上乃是得益于其所使用的女性独白体。这种较之对外在的客观描写更注重展现叙事者主

〈1〉 日本学者奥野健男曾在《太宰治论》(东京：春秋社，1966年)中，将太宰治的文学划分为三个时期，即：从1932年的《晚年》至1935年的《HUMAN LOST》乃是太宰文学的前期；在创作《灯笼》后，太宰治经历了大约一年半的沉默期，随后进入了文学中期，意味着中期始于1937年的《满愿》，止于1945年的《惜别》《御伽草纸》；而从1945年的《潘多拉之匣》开始，经由《维庸之妻》《斜阳》《人间失格》等，至1948年的《Good-bye》，则被划分为太宰文学的后期。

〈2〉 浅见渊《关于太宰治——现代作家论1》，《作品俱乐部》1939年7月号。

观世界的饶舌文体，恰好与太宰治那种情绪性的或曰不断幻化的内省世界高度契合，从而绽放出了美丽的花朵。

这种据说最早在《猿面冠者》(1934)一文中小试牛刀的文体，经过小说《灯笼》(1937)的着力打造，最终在《女生徒》中臻于完善，并作为太宰治最为擅长的独特文体，催生了《维庸之妻》(1947)、《斜阳》(1947)等太宰文学的金字塔作品，构成了太宰治女性独白体小说的一大谱系。

不难发现，正是借助这一文体，太宰治得以走进女性的内心世界，将女性的感觉、心理、生理都刻画得入木三分。以至于评论家奥野健男不禁发出了这样的感叹："一个男性作家何以能把年轻女性表现到如此地步，真是不可思议。"〈1〉

但值得注意的是，在太宰治那部最闻名遐迩的小说《人间失格》中，他是把女人视为与男人迥然相异的生物，而且是不可理喻、需要警惕的生物来看待的。在他看来，"人世间的女性不知比男性要费解多少倍。……我对她们的心思一无所知，如同坠入五里雾中，不时会误踩虎尾，遭受重创"〈2〉。这番话意味着，尽管他自幼生活在女人堆里，与女人们发生着各种各样的关系，甚至不惜与女人跳海

〈1〉 奥野健男《解说》，
见太宰治《奔跑吧，梅勒斯》，东京：新潮文库版，1983年，第237页。
〈2〉 太宰治著、杨伟译《人间失格》，
南京：江苏凤凰文艺出版社，2018年，第21页。

情死，也得到过女人们出乎意料的呵护，但对于他而言，女人终究不啻近在咫尺的遥远他者，抑或是永远不可抵达的彼岸，甚而成了加深他孤独感和绝望情绪的恐怖存在，以至于他总是重复着这样一种二律背反的过程，即在试图逃向女人以寻求治愈的同时，又不得不逃离女人，以摆脱女人带来的更深孤独。

因此，通览太宰治带有自传性的早期作品，其中的女性形象大都是模糊的、片段的、止于侧面的，尽管也时而闪现出圣母玛利亚般的光芒，但更多的是扮演着给男主人公带来罪恶意识和不可救药的孤独感，并加速其“人间失格”进程的媒介角色。严格来说，她们大都是工具性的、背景性的、缺乏生命的。

但到了1939年前后，太宰治却借助女性独白体，找到了通向女人这个他者的甬道，得以不是从外部，而是从内部来观察女性，逐渐深化对女性的认识，并与女性实现情感上的共鸣。

这些女性独白体小说中的女性，不再是支离破碎的存在或是男性主人公的陪衬，而是成了观察、认识并言说这个世界的中心人物。比如，在《女生徒》(1939)、《皮肤与心》(1939)、《千代女》(1941)等小说中，太宰治描写了青春期女孩的内心世界、女性过剩的自我意识及敏感的皮肤感觉和女性尝试写作的心路历程，及至后期的《维庸之妻》(1947)、《斜阳》(1947)和《阿赞》(1947)，则逐渐发展为对女性生命力近于信仰的笃定。从这些作品中可以发现，通过女性独白体来袒露女性的内心世界，无疑更容易彰显女性原始的冲动和生命力。

与此同时，从女性视角出发来认识世界，亦能看到站在男性立场上容易被忽略或难以发现的崭新风景。而且，从女性视点所观察到的男性世界，也能对太宰治作为男性所身陷的苦恼带来相对化的力量。不管是《维庸之妻》还是《阿赞》，都通过女性的视点来解构了太宰治自身所极力声张的所谓“道德革命”的神圣性。可以说，这些女性既是男性的拯救者，同时也承担着对男性世界的批判者角色。从某种意义上讲，她们也是太宰治的分身，不啻把太宰治 A 角搬上手术台进行解剖的太宰治 B 角。

太宰治之所以能如此得心应手地运用女性独白体，潜入女性内部去认识世界，并从正面凝视女性的存在和价值，在某种程度上也得益于他与美知子夫人的婚姻生活吧。在给媒人井伏鳟二的信函中，他信誓旦旦地表示道：“作为拜井伏先生所赐的媳妇，我一定会对她百般珍惜。我们一定会成为一对好夫妻的。”[1]毋庸置疑，这些掷地有声的话语中至少有着不再只一味关注自身，而试图走出自我意识的囹圄，与美知子夫人携手共建幸福家庭的朴素愿望。为此，他必须得从正面去凝视并潜入美知子这个女性的内心世界，并琢磨自己作为男人在美知子眼中的形象。或许可以说，这一愿望与尝试恰

〈1〉 太宰治《太宰治全集 11 卷 书简集》，东京：筑摩书房，1958 年，第 157 页。

好与其女性独白体小说的创作形成了某种有机的联动性。只有这样，我们才不难理解，为什么太宰治的女性独白体小说几乎都出现在其步入婚姻的1939年之后（唯一的例外是发表于1937年的《灯笼》）。

川端康成曾说，《女生徒》是“体现了作者自身的女性特质中的优质部分的典型作品”[1]。这也意味着，在川端看来，太宰治身上有着诸多与女性非常相近的特质。太宰治那种超乎寻常的敏感、柔弱、纤细、害羞，以及“感性”多于“理性”的冲动，还有他对皮肤和外貌等超乎常人的介意，在日本社会的普遍认知中，都属于与男性有所区别的女性特质。

太宰治还曾在《回忆》中这样写道：“在习惯的驱使下，我还是会在脸上化妆。……虽然我原本就会用这个粉盒来修饰自己的肌肤，但现在则更加起劲、几乎是挖空心思地修饰打扮。”[2]不用说，正是这种对皮肤感觉和外貌的执着，催生了《皮肤与心》等一类的优秀作品，以至于我们不得不惊叹于太宰治对女性生理、感觉和心理的描摹是如此鲜活。不妨认为，太宰治女性独白体小说的魅力也源于此吧。

学界普遍认为，太宰治的女性独白体小说共有16篇。除了本书收录的11篇珠玉之作，还包括《谁也不知》《十二月八日》《货币》《维

〈1〉 川端康成《小说与批评——文艺时评》，《文艺春秋》1939年5月号。

〈2〉 太宰治《回忆》，见于太宰治著，萧云青、郑天恩译《二十世纪旗手》，北京：九州出版社，2017年，第41页。

庸之妻》《斜阳》。这些女性独白体小说构成了与《人间失格》等截然不同的一大谱系，从中听不到那种走向毁灭的绝望悲叹，而毋宁说闪烁着清晨露珠般的晶莹光亮，记录了我们在某个瞬间所感受到的那种跃动的感觉——尽管那种光亮和感觉转瞬即逝，但真实而美好。

在此，不由得联想到《雪夜的故事》一文。因为哥哥告诉"我"，人的眼睛可以将看到的景物存储起来，所以在大雪纷飞的夜晚，为了让怀孕的嫂子生下漂亮的孩子，"我"决定将美妙的雪景印在眼底带回家给嫂子做礼物。不料回到家后，却遭到了哥哥的抢白，说他看过的雪景比"我"多上几百倍几千倍，看得都有点腻了，所以他的眼睛比"我"的更美。正当我气恼得快要哭出来时，嫂子出来帮我说话了："我说他爸，尽管你的眼睛的确是多看了成百上千倍的漂亮景色，但相应地也多看了成百上千倍的肮脏景色。"

作为译者，我想说的是，如果把《人间失格》的主人公叶藏看作是见识过无穷多雪景的"过来人"，那么，我们从他眼底所看到的，无疑是美好与浑浊相互杂糅——不，或许更多的是浑浊而灰暗——的雪景，散发着饱览世态炎凉的沧桑之感；再来看看《女生徒》《雪夜的故事》等女性独白体小说，就会发现其中少女主人公眼底所印下的，却是浸润着少女感觉的纯净剔透的雪景。而这两者竟栖息在同一个太宰治身上，展现出太宰文学的多重面孔。

不过，坦白说，当你看腻了《人间失格》中叶藏那张眉头紧蹙的"丧"性面孔，或许少女们脸上那种略带伤感但不失明朗的笑容可以幻化出纯净的雪景，在某一瞬间里——哪怕仅仅只有一瞬间——悄无声息地安抚甚至治愈你的忧伤。

杨伟

2020年11月8日